全民微阅读系列

笼 中 鸟

刘琛琛 著

江西高校出版社

图书在版编目(ＣＩＰ)数据

笼中鸟/刘琛琛著. —南昌:江西高校出版社,
2017.9(2020.2 重印)

(全民微阅读系列)

ISBN 978－7－5493－6053－6

Ⅰ.①笼… Ⅱ.①刘… Ⅲ.①小小说—小说
集—中国—当代 Ⅳ.①I247.82

中国版本图书馆 CIP 数据核字(2017)第 225974 号

出 版 发 行	江西高校出版社	
社 址	江西省南昌市洪都北大道96号	
总编室电话	(0791)88504319	
销 售 电 话	(0791)88592590	
网 址	www.juacp.com	
印 刷	永清县晔盛亚胶印有限公司	
经 销	全国新华书店	
开 本	700mm×1000mm 1/16	
印 张	14	
字 数	180 千字	
版 次	2017 年 10 月第 1 版	
	2020 年 2 月第 2 次印刷	
书 号	ISBN 978－7－5493－6053－6	
定 价	36.00 元	

赣版权登字 -07-2017-1182

目录
CONTENTS

小声点，表姐就要高考了

晚餐时，球球看到桌子上出现了一道不认识的菜，形状长得像大耳朵。外婆揪着球球的耳朵让他长记性，说，这是鲍鱼。

球球眼里还没长出记性，舅妈已伸出筷子，将唯一一只鲍鱼挟到了表姐碗里。

表姐是舅妈的女儿。

我也要吃鲍鱼！球球哭了。

小孩子吃鲍鱼不好，会长出大耳朵的！外婆连哄带吓给球球擦眼泪。

球球不信，表姐为什么不怕长大耳朵？

表姐就要高考了，她长大耳朵好，能听到更多的信息！外婆这回是连哄带骗的解释。

听说，去年本地的高考状元，高考食谱就是每餐吃一只鲍鱼。

结果今年高考来临前，本地鲍鱼的价格直线上升，由一斤九十元卖到了一只九十元。啧啧，天价鲍鱼啊，真的是。

九十元钱，对别的家庭可能是九牛一毛，对舅妈一家来说，则是孙悟空的三根救命毫毛少了一根。

舅妈和舅舅，不仅要供兰兰读书，要赡养病歪歪的外婆，还得受妹妹妹夫所托，照顾快三岁的球球。

球球的爸爸妈妈去了日本打工。出门前就跟球球保证了，等第三个春节时，球球才有机会见到他们。舅妈说，等球球爸爸妈妈赚到了钱,就回来买大房子。有了大房子,球球一家就搬出去住,不用这么多人小蚂蚁一样都挤在小房子里了。

球球喜欢很多人都在小房子里住,热闹。可是舅妈不乐意,她经常当着球球的面埋怨,屋子太小,放个屁别人都听得见。

表姐就要高考了,连屁就都要憋着放哟!

外婆抱着球球,小声却又是略带夸张地提醒球球。

也是的,只要表姐在家复习,球球就看不成动画片,外婆听不成收音机,连有咽喉炎的舅舅也不准大声咳嗽。

虽然球球没吃过像耳朵一样的鲍鱼,但他的耳朵,比吃过了鲍鱼的表姐还灵。

有一天夜里,外婆起床端着球球撒尿,睡眼惺忪的球球听到舅妈房里传来小声的挣扎。不准去打老虎机,丫头就要高考了!舅妈气哼哼地说。

舅舅那么胆小还敢打老虎? 球球好奇地问外婆。

玩心不改的东西,迟早一天老虎机吃光他的血汗钱!外婆压着嗓子拍了一下球球的屁股嘟囔说,小声点,就你耳朵尖。

离表姐高考还有一个月的时候,趁着表姐不在家,舅妈和舅舅大打出手,把家里的锅碗瓢盆砸了个粉碎。舅妈哭叫着说,脑子生下来就夹在胎盘里的狗东西,孩子要高考了,还有心思把钱喂进老虎机!

高考高考,舅舅辩解说,再憋下去我不疯也得神经,发泄一下都不行啊?

外婆拉不住儿子和媳妇打架,气得脑溢血发作,住进了医院。

表姐就要高考了,不要跟表姐说我们在家打架,要是表姐问起外婆,就说外婆到乡下亲戚家玩儿了。舅妈一遍又一遍地叮嘱球球。

餐桌上,球球每天都能看到一只像耳朵一样的鲍鱼。

表姐的耳朵咋还不如球球灵敏呢?

舅妈和舅舅每天踩着风火轮似的,医院家里两头跑,两个人都迅速地瘦成了风筝,风一吹,都能飘起来。好在他们这个地方一年到头不怎么刮大风。

离表姐高考还有三天的时候,医院突然下达了死亡通知书。外婆年龄实在太大了,医院的医生,没能留住病重的外婆。

外婆脑子溢出来的血从嘴巴里溢了出来。

表姐就要高考了,不要告诉表姐外婆已经死了! 舅妈流着泪叮嘱球球。

球球懂事地点点头,他看到舅舅沉痛地用一张白布,蒙住外婆的脑袋。

明天表姐就要高考了,球球目不转睛地看着表姐正要将一只新鲜的鲍鱼喂进嘴里。

看着垂涎欲滴的球球,表姐停下筷子,说,来,球球,吃一口。

不吃,表姐就要高考了! 球球摇摇头把眼光拔回来。

真乖! 舅妈感动地摸了一下球球的小脑袋。

这天夜里,球球被一泡尿憋醒了,肚子都要涨破了。没了外婆给自己端尿,球球只好静悄悄地爬下床,不能穿鞋,会吵醒表姐的,真乖的球球打着赤脚自己去撒尿。

刚走到厕所门口,一只大手捂住了球球的嘴巴。

球球小绒鸡一样惊恐地挣扎着。

别动,再动就杀死你! 黑影低声威胁说。

球球吓得尿了裤子,尿水滴在地板上,滴滴答答的,像报警一样。

表姐就要高考了,千万别让她听见客厅里的动静。球球心虚地盯着表姐的房门，捂住裤裆。

黑影顺手摸了一只袜子，塞到球球嘴里，恶狠狠地压低嗓门警告说，老老实实地坐着，不准动！

球球盯着黑影，眼珠在黑暗中闪闪发光。

黑影被球球盯得心里发虚。

钱没有偷到，却被球球看见了相貌，古人说了的，三岁小孩记到老。

一不做二不休，黑影将球球轻轻一拎，塞进了随身携带的大旅行包里，拐卖一个孩子也可以挣笔收入的。贼不空手嘛。

拉背包拉链时，球球听到拉链音在寂静的夜里，格外响亮。

球球用手费力地拉出袜子，低声央求黑影说，叔叔，小声点，表姐就要高考了。

竹篮打水

没长眼睛的老天爷呀，你干脆塌下来吧，塌下来吧！跛脚的母亲噙着泪水，哀恸地跪在城外的放生桥上，望天哭喊着。

天塌下来了是世界末日吗？

不是。

三年前，儿子小峰被确诊患了白血病的那一刻，才是跛脚母亲的世界末日。

此时的母亲心里，只有一个自私的念头，宁愿与天下人一同承担天塌的恐惧，也不愿意承受儿子性命堪忧的事实。

看，老天果然是没长眼睛的，白云事不关己地挂在蓝天上，一副云淡风轻的表情。

泪水再多，终究流不成一条河，撕心裂肺的母亲擦干了眼泪，俯下身子，从桥下打起满满一竹篮水，咬着牙颠簸着身体迅速往城里跑去。

白血病，三个轻飘飘的字，变成了昂贵的医药费，压得全家人透不过气来。母亲说服父亲，要卖掉家里唯一的房子，砸锅卖铁为儿子治病。

咱们还年轻，放弃了这一个孩子，还能有下一个。被称作父亲的人，犹豫了。

你当咱们儿子是夏明翰吗？杀了他一个，还有后来人？母亲说。

不到三年，家里的负债滚雪球似的，越滚越大，夫妻之间的情分，却是越磨越薄了，最终薄成了透明的一张纸片——离婚协议书。

小峰闭上眼睛，泪水淌啊淌，淌进了枕巾里。

枕巾里，藏着小峰积攒下来的安眠药，用来自杀的。

当安眠药积攒到快五十颗时，五十颗，药量足以致命。

病房传来了一个天大的好消息。

医院从美国引进了最先进的骨髓移植技术，只要手术成功，小峰就能将生命至少延续十年以上。

十年啊！母亲惊喜交加。

只是，这宝藏，却像天边的彩虹，可望而不可即。

小峰的医疗费用缺口，还差85万呢！

妈妈，您别再四处筹钱了，万一手术失败，会竹篮打水一场空的！为了阻止母亲四处借债，小峰闹起天大的脾气。

不能为了延续自己十年的生命，让跛脚母亲再折下两条腿去求爹爹告奶奶。

怎么会是一场空呢？好歹，我还有一只竹篮呀！母亲故作轻松说。

我早不想再这样活了，除非竹篮能打水。小峰身体虚弱得像深秋的枯叶，声音坚硬得像寒冬的冰凌。

不就是竹篮打水吗？行，我打给你看！母亲见小峰说完这话不再配合治疗，站起身，拎起买菜的竹篮，竟自走了出去。

小峰悄悄数起枕巾下的安眠药，心想，等攒到五十颗的时候，母亲就可以把跛着的脚抬高一点，站得跟别人一般高了。

母亲气喘吁吁拎着竹篮回来了，竹篮倒是湿润润的，可水呢？

母亲使劲捶打了自己跛脚一下，怎么就不能争气点，快一步，不，哪怕半步也好啊，只要有一滴水在竹篮里，就是打上水了。

那可是放生桥的水呢，多少人买了鱼在那放生，为活人祈福的。

嗯，再快一步就好了，刚才跑到走廊上竹篮里还有水的。母亲转回身子对小峰说，等着啊，妈妈会给你打来水的，马上。

母亲心急火燎地跑了一趟，又一趟，竹篮里那滴水就是进不了病房。

看到了吧，竹篮打水，一场空！小峰的嘲笑中带着死亡的味道。

母亲不理，拎着竹篮，再次跑出去，一次，又一次，竹篮还是空的。

别再瞎忙活了，无论如何，你都改变不了竹篮打水一场空的事实！小峰比母亲更加固执。

一个星期了，拒绝治疗的小峰针药不进。

七天时间，母亲对小峰的劝告也油盐不进。

还差一颗，就到五十颗了！小峰又将安眠药数了一遍。

母亲依然故我跛着脚拎着竹篮打水去了。

小峰吃力地找出水杯，倒满水，平静地，一颗，两颗，开始往嘴里喂安眠药。

母亲突然回来了，竹篮里不再空空如也，一滴一滴的汗，一颗一颗的泪，从母亲脸上滑落下来，无巧不巧地掉进竹篮里。

母亲身后，还跟着一位陌生人。

奇怪，她今天怎么回来得格外早呢？小峰手里的药瓶咕咚咕咚掉到地上。

见此情景，母亲手里的竹篮也咕咚咕咚地滚落到了地上。

小峰，瞧你做的什么傻事？竹篮打水根本就不是一场空啊！母亲摇晃着小峰说。

陌生人是一名记者，跛脚母亲在放生桥下竹篮打水的奇怪行为，引起了他的注意，他特地到小峰病房里来采访的。

由于抢救及时，小峰只是在鬼门关口走了一遭，便被放生回来。

记者那篇竹篮打水的深度报道在社会上引起强烈反响，很快募集到了一笔捐款，填上了手术费用的缺口。

十年后，白血病基金协会收到了一笔未署名的捐款，附言那一栏画着一只竹篮。

竹篮里有一滴亮晶晶的液体，映射着太阳的光芒，有人说，那是一滴水，也有人说，那更像一滴泪。

笼中鸟

拼　爸

　　陈亚鹏和刘子州是好朋友,经常联合起来欺负杨浩浩。陈亚鹏控制住杨浩浩的手,刘子州则拿起笔,在杨浩浩的左脸颊写上"坏",右脸颊写上"蛋"。看着很对称了,才松开杨浩浩。

　　明天就让我爸开警车来抓你们!杨浩浩吐一口唾沫在手上,用手擦着两边脸颊说。

　　警车有什么了不起?陈亚鹏说,警车有我家的车牛么?我家的车牌号是W0001,只有政府官员才配得上这么牛的车牌号,官二代,说的就是我,你爸爸敢抓吗?

　　车牌号牛有什么了不起?车身越长才越酷呢!刘子州斜着眼睛说,我家的车是加长宝马,我经常在车上吃饭睡觉上厕所,富二代,你爸爸前脚抓我,后脚就得送我出来,乖乖的。

　　官二代富二代有我爸爸的警车牛吗?我爸爸拿起手枪,就能把你们的爸爸叭叭叭地打趴下!杨浩浩做出拔枪手势,眯起一只眼,嘴里叭叭地朝两人开枪。

　　切,天上为什么那么黑?因为有牛在天上飞!为什么牛在天上飞?因为有人在地下吹!陈亚鹏,刘子州异口同声地嘲笑杨浩浩。

　　同学们见过陈亚鹏爸爸的政府车牌号,见过刘子州爸爸的加长宝马,却没有一个人见过杨浩浩爸爸的警车。

　　杨浩浩,你的警察爸爸怎么还不来抓我呀?陈亚鹏故意挑逗杨浩浩。

110 刚接到电话,有个官二代被杀了,特大杀人案,我爸爸忙着破案,案子破完了就会来抓你们! 杨浩浩挠了半天脑袋才挠出这么个解气的理由。

切,骗子! 我这个官二代不是好好的嘛。

杨浩浩,我屁股痒痒,好想坐坐你爸爸的警车哟! 刘子州追着杨浩浩挑衅。

放心吧,我爸爸正在抓一个犯事的富二代呢! 杨浩浩转动着眼珠暗地损刘子州。

切,撒谎! 谁说富二代一定就犯事的。

在陈亚鹏,刘子州的宣传下,全班同学都知道了杨浩浩是个骗子,张口就会撒谎。

这天,陈亚鹏和刘子州两人配合着,在杨浩浩的左脸颊写上"骗",右脸颊写上"子"。

杨浩浩把唾沫都吐干了,把脸上的字迹擦了一遍又一遍,他俩还是围在身边骗子骗子地喊个不停,一直喊到放学。

你们等着,我马上让我爸爸开着警车来抓你们! 杨浩浩急了,使劲地跺了跺脚,冲到校内的公用电话亭里打了个电话。

放学的时候,陈亚鹏,刘子州果然看到校门外停着一辆警车,两个人吓得脸都白了。

杨浩浩自豪地瞪了两人一眼,将书包往肩上一甩,坐上警车走了。

陈亚鹏和刘子州再也不敢欺负杨浩浩了。

新学期开始时,全国上下都掀起了反腐风暴。

陈亚鹏不再坐着车牌号为 W0001 的公务车上学了。在家时,陈亚鹏听到妈妈焦急地打电话四处求情,他爸爸因为腐败被拘留了。

刘子州家的加长宝马也不见了踪影。从只知道掩面哭泣的妈妈口中,刘子州得知爸爸由于行贿被隔离了。

是杨浩浩的警察爸爸把咱们的爸爸抓走的!陈亚鹏和刘子州郁闷好久,终于找到了发泄渠道。

放学时,陈亚鹏和刘子州把杨浩浩堵在了放学路上,联手拖进了一条偏僻的巷子里。

你还我爸爸!陈亚鹏照着杨浩浩的脸扇了一巴掌。

你还我爸爸!刘子州也照着杨浩浩的鼻子砸了一拳。

杨浩浩的鼻子里涌出来一大股鲜血,有跟着看热闹的同学见状,尖叫着杀人啦杀人啦跑远了。

别怕,他只是流鼻血!陈亚鹏拽紧刘子州的衣袖,佯装镇定。

你们等着,我让爸爸开着警车来抓你们!杨浩浩流血不流泪。

一阵警笛很快呼啸而来,有跑走的同学在情急之下,拨打了110。

三人一块被带到了警局。

怎么没家长接送你们?做笔录的老警察问。

我们的爸爸被警察抓走了,没人顾得上我们!陈亚鹏和刘子州害怕极了,声音蚊子似的。

杨浩浩低着头不说话。

老警察停下笔,看一眼满脸血污的杨浩浩,眉毛一动,抬头,我看看,我说你怎么不吭气,原来是你这个熊孩子!

爸爸!杨浩浩低声喊。

爸爸?!陈亚鹏和刘子州吃了一惊。

小东西,这回打架,又想重新认一次警察爸爸呀?老警察笑眯眯地说。

　　眼看谎言就要被拆穿,杨浩浩号啕大哭起来。

　　杨浩浩是个孤儿,跟着年迈的奶奶生活。有一次报了假警,撒谎说自己偷了贵重东西,要自首,当着同学们的面坐了一回警车,被老警察教育了一顿才送回家。

　　警察叔叔,求你放了我的爸爸吧!陈亚鹏和刘子州也跟着哭了,他们好长时间没见到自己的爸爸了,班上的同学最近都用异常的眼光看着他俩。

　　法网恢恢,疏而不漏,无论是谁的爸爸,只要做了违法的事,都逃不过法律的制裁。问清楚这次三人打架的原因,老警察严肃地说。

　　陈亚鹏和刘子州的希望破裂了,忍不住抽泣起来。

　　杨浩浩想到自己连爸爸的面都没见过,伤口又疼,也跟着抽泣起来。

　　别哭,别哭,你们三个不是还有警察爸爸吗。

　　第二天上学时,好多同学们都看到陈亚鹏、刘子州和杨浩浩手拉着手从一辆警车上走下来。

　　我们的爸爸是警察!陈亚鹏、刘子州、杨浩浩迎着同学们的注目礼,异口同声地说。

羊角风

跑了几个月人才市场,小李总算学关二爷过五关斩六将,成功应聘到"市政府接待办公室"工作,简称"接待办"。

能承受住工作压力吗?负责应聘的黄秘书问。

不就接待几个客人吗?压力能超过高考?小李这辈子只怵过高考。

黄秘书笑了笑,挺意味深长的。

第二天,小李去报到。

黄秘书带小李熟悉环境。

接待办分为三个部门,地点部,人物部,事件部。黄秘书一边领路,一边介绍。

嗬,只差时间部,就成一篇小说了。小李乐不可支,太好玩了,这接待办。

好玩?接待办的工作,可比写小说复杂多了!黄秘书瞥一眼小李,今天我忙着呢,还有一大堆工作,你自个儿先熟悉一下工作。

熟悉工作就是熟悉黄秘书递过来一本书,沉甸甸的。

封面上写着,接待方案。

哦,不就是找个住宿、订个餐的事吗?还用得着洋洋洒洒出一本书?

黄秘书翻一翻白眼,懒得回答。

小李撇撇嘴，信手翻开接待方案。

不看不知道，一看吓一跳。

接待方案上，有三大项，人物部、地点部、事件部各负其责。

三大项里面，又划分为十小项。十小项的工作，安排给十个科室各司一职。

十小项下面，细分了一百零八个细节，每一条都由专人查缺补漏，这就需要每个人耳听六路眼观八方了。

妈呀，比红楼梦的逻辑还严谨！小李惊呼说，硬着头皮，往下琢磨。

人物部的工作琐碎极了，要熟悉主要客人的底细，姓名、性别、职务、爱好……

甚至还有相貌，避免出现张冠李戴的笑话。

地点部和事件部要根据人物部提供的信息，紧锣密鼓、认真有序地准备接待工作。

地点部的工作没有人物部琐碎，灵活度却更高。他们要根据客人的级别，调整相应的迎接对象，并决定等候地点和规格——省部级领导，要提前在机场铺红地毯、安排小学生唱着歌，手捧鲜花迎接，有必要时请公安部门开道；厅级干部，可以简单一点，铺上红地毯，安排专人打伞；市级干部呢，不用跑到机场或火车站那么远，守在路口候着领路；至于县级以下嘛，只消候在接待办门口，每人发一包烟，省事……

原来我啥级也不是！看到这里，小李恍然大悟，接待办派了黄秘书一人，无烟无茶地陪自己，已经给了天大面子。

小李揉揉眼睛，看事件部负责哪些工作。

嘿，事件部更忙了。有礼物准备科室，根据客人的爱好，准备不同的礼物；有突发事件科室，遇上下雨天准备雨伞，遇上烈日天,准备消暑品……

看到这里,小李感觉到肩上的担子越来越重。

还没看完呢,黄秘书急匆匆走过来,拍拍小李肩膀说,要来一批市级的领导,十个人,你赶快选个好一点儿的餐厅,把菜点了,我先去配合礼物科,准备送土特产的事儿。

我,我一个人? 小李底气不足。

当然是一个人,接待办的同志,一个抵十个用! 黄秘书抛下一句话,三步并作两步走了。

想了想,小李按平时招待朋友的习惯,找了个农家饭庄,正点菜呢,黄秘书电话来了,餐厅定在哪?

农家饭庄!

什么? 农家饭庄? 黄秘书一听,头就炸了,打机关枪似的教育,根据来客级别的不同,餐饮地点分为:省级领导,五星级大饭店;市县级领导,四星级宾馆;市县级以下,三星级旅店……

知,知道了! 小李擦了一把汗,既然是市级的领导,小李急吼吼地赶到四星级宾馆。

拿着菜单,小李按照十个人的饭量,精心配了四荤四素一火锅,又死皮赖脸,请餐饮部经理送了一道凉菜,心想,这下可不会出错了。

黄秘书的电话,又不放心地追来了,喂,宴请规格你记住没? 省级领导,五千元;市县级,两千元;市县级以下,五百元……菜式则有以下选择:省级领导,鲍鱼海鲜;市县级,乌龟王八;市县级以下,猪肉鸡肉……

哦,我马上就改正。小李马不停蹄地调整了菜单。

宴请时间就要到了,小李恭恭敬敬地站在餐厅门口。

远远地,看到黄秘书在前面引路,市领导陪同着邻市客人走

全民微阅读系列

过来了。

黄秘书一蹿三跳地冲到小李面前,说,座位排好了吗?

还,还要排座位?小李彻底傻了眼,高等函数都没这么难的。

当然,主要领导正中,客人主要领导左边,次要领导右边……黄秘书嘴唇上下翻飞。

听着听着,小李眼前一黑,晕了过去。

没办法,压力着实太大,高考前曾经犯过一次的羊角风,再次复发。

绞肠痧

王秋香住院了,绞肠痧。

光这名字,就足够儿子急得嘴角起了泡。

医生,我妈什么时候才能出院?不管花多少钱,医生你一定要尽快治好我妈!三天够不?三天能治好我妈的病不?儿子把医生的屁股追得团团转。

您的儿子真孝顺呀,瞧他这模样,是当官的吧,当官的都忙,能腾出时间来,关心您的病,真是太难得啦!同病室的病友不无羡慕地说。

王秋香心里泛起了一股暖流,这股暖流,让肠胃的绞痛一寸一寸地熨贴起来,比进口药水都见效。

差点误会儿子,还以为儿子不再关心她了呢!

当着局长的儿子,比春天的蜜蜂还忙碌。住在乡下的王秋香,一年能见儿子一次,是清明节,王秋香男人死得早,一个人把儿子拉扯大了。

一年秋天,王秋香摘下最新鲜最饱满的葡萄,放在玻璃瓶里,每天早晚搅动一次让葡萄发酵,搅动了一个月,又过滤了七八遍,才酿成了一瓶黄澄澄的葡萄酒。王秋香尝了一小口,味道太好了,舍不得喝,便揣在怀里,给儿子送去。儿子扫了葡萄酒一眼,让王秋香把酒搁到酒柜里去。

拉开酒柜,王秋香一看,傻眼了,里面放了一排看不懂牌子的洋酒,曲里拐弯的字母,还按年份依次排列着,十年的,百年的。王秋香好不容易才腾出一个位置来,将自酿的葡萄酒塞进了酒柜最底层的角落里。

回到乡下,王秋香时不时地,会想起那瓶葡萄酒。它局促不安地挤在那个酒柜里,那些洋酒们,居高临下地看着它,一脸高傲的光泽。

那瓶酒儿子喝了吗? 王秋香从来没有问过,也没有再去打扰儿子。

她怕打蜡的地板一脸高傲的光泽看着自己这个乡下老婆子。

前几天,儿子突然给王秋香打了个电话,妈,我要带些很尊贵的客人,到咱们乡下家玩,你准备下饭菜!

哎呀,我一个乡下老婆子,哪懂得招待贵客? 山珍海味都不会烧的! 王秋香急得话都说不利索了。

不要山珍海味,早吃腻了,贵客们要吃最纯正的农家味! 儿子说。

农家味啊,王秋香懂了,这个她拿手。

为了儿子的贵客,王秋香新榨了芝麻油,拿出攒了多日的鸡蛋,泡制的酸萝卜……

没给儿子丢脸,那些贵客们,个个吃得赞不绝口。

儿子还专门从城里酒柜中,扒拉出王秋香送去的那瓶自酿葡萄酒带回来。

尝尝吧,正宗的农家美味葡萄酒,我娘珍藏了好几年,连味道都没舍得让我闻一下的! 儿子表情夸张地为他的客人斟满酒。

差点误会儿子了,儿子心里是有我的! 王秋香提起袖口,悄悄地拭起了幸福的泪水。

送走了客人,儿子才发现,王秋香脸上不仅有泪水,还有冷汗。

妈,你怎么了?

我肚子痛。

您身体一向都很好啊? 怎么会肚子痛?

兴许是累着了。

疼得厉害吗?

前几天就在隐隐地痛,我心想有客人要来,就忍着了,这会儿,像有无数条虫子在咬肚子一样啦!

王秋香终于忍不住了,捂着肚子瘫倒在地上,不停地呻吟。

妈,你可真傻呀,整整忍了一天,也不吭一声! 儿子急了,背起王秋香就往医院跑。

王秋香住院后,儿子衣不解带地看护着她。

真要感谢这场病呀! 王秋香欣慰地想,儿子能每天这样陪着她,自己就是疼得肝肠寸断也愿意。

几天后,王秋香出院了。

王秋香怪不好意思的,怨自己不该得什么绞肠痧,耽误了儿子的宝贵时间。

耽误这点时间不算什么,我以后会经常回去看您的! 儿子体贴地挽住王秋香。

真的？我不是做梦吗？身体还没完全康复的王秋香揉着被阳光照射后冒着金星的双眼发着感慨。

当然不是做梦啊！儿子兴奋得手舞足蹈地，妈，我还批发了几十箱新鲜葡萄，回去后，您啥别做了，就专酿葡萄酒！

专酿葡萄酒？

是啊，以后我经常会带些客人到家里去，吃正宗农家味，喝自酿葡萄酒，妈，您知道那些客人都是谁吗？有市长、厅长……

王秋香听着，听着，又捂着肚子，流起了冷汗。

哎哟，妈，你不是刚出院吗？不会又犯了绞肠痧吧？您可别坏我的事呀！儿子一着急，肠胃也痉挛起来，要命，这绞肠痧不会还传染吧。

猪头瘟

天刚蒙蒙亮，丈夫就醒了，起床，洗洗漱漱，闹个不停。

摊上什么大事了，周末啊。妻子惊异极了，太反常的行为了。

哪怕妻子即将临盆，捂着肚子，痛得嗷嗷直叫，丈夫也硬是赖在床上，睡到日上三竿才起床。

天底下有什么事能大过睡回笼觉的呢，回笼觉，二房妻，都是男人百年不遇的美事。

今天没什么大事，下个周末才有大事！嘴里还吐着牙膏泡沫的丈夫激动得两眼放光，摩拳擦掌，像要跟谁打架似的。

到底什么大事？比生孩子还重要？妻子满腹怨气。

搬家，帮领导搬家！偌大的单位，足足几百人，领导只挑选出五个，我，你老公，就是其中之一！丈夫腰杆挺得直直的，声音却抑制不住地颤抖。

妻子捂着嘴巴尖叫一声，之后，她素日里尖锐得像钢铁一样的声音，像是被抛进了熔炉里，熔化了，柔软了。难得贤惠地整理一下丈夫油腻的衣领，笑得犹如三月的春花，幸运之神居然眷顾到了我们家里，老公，你千万不要辜负领导的信任啊。

夫妻俩深情地对望着，微笑着，他们找到了久违的甜蜜。

丈夫精神抖擞，出门跑步去了。他决定每天跑步一万米，锻炼好身体，在搬家那天，拿出最好的表现。

妻子则满怀憧憬，留在家里，为丈夫精心烹饪早餐，在大量运动后营养必须跟上，丈夫才能保持充沛的体力。

第一天跑步，我用了一小时四十五秒！第二天，我略有提高，跑了四十五分钟，今天，我只花了三十分钟，可以跑马拉松得奖了！三天后，疲惫之余又略显欣喜的丈夫向妻子汇报跑步成绩。

要想在五个人中脱颖而出，速度很重要，力量同样也不容忽视！妻子沉吟再三，找出两个袋子，装满了沙子，牢牢地绑在丈夫腿上。

剩下的三天，你绑着沙袋跑步吧，迎接最后的冲刺！妻子握起拳头，为丈夫打气。

丈夫同样充满斗志地握紧拳头，两人宛如一个战壕里的亲密战友。

艰难，而又充满期待的三天过去了。丈夫的运动鞋跑烂了，脚底的水泡破了又生出新肉。

明天就是为领导搬家的日子了。妻子特地为丈夫烹饪了牛肉汤,牛肉给丈夫,汤也留给丈夫,她闻一闻香味就足够了,吃肉不如喝汤,喝汤不如闻香,她这么跟丈夫解释的。

多吃点,将力气留给明天!妻子托着腮,深情地看着大口吃肉、大碗喝汤的丈夫。

第二天,妻子早早地醒了,确切地说,她一夜未能入眠。丈夫应该醒得更早的,迷迷糊糊中,他可是辗转反侧了一夜的。

偏偏,丈夫却像死猪一样,睁大眼睛,躺在那哼哼叽叽的,没一星半点起床的意思。

快起床,你忘记今天是什么日子了?妻子推一把丈夫。

丈夫缓缓地闭上眼睛,抬起手,捂住右边的腮帮子,艰难地吸一口气,说,起不了,牙疼。

牙疼?妻子扳开丈夫的手,焦急地察看。

不止牙疼,喉咙也疼,不,整个腮帮子都疼!丈夫疼得直抽气,同时,他还感到全身乏力。

妻子的心,开始一抽一抽地疼,疼得发紧。

你得猪头瘟了!护士出身的妻子目光呆滞地说。

猪头瘟?

就是腮腺炎,传染病,得治疗七天,七天之内,不能出门!妻子不耐烦地说,声音刺骨得像隆冬里最残酷的北风。

怎……怎么会得猪头瘟?丈夫惊惧地捂住肿胀如猪头的右脸。

对不起,领导,我,我得猪头瘟了,我很想去帮您搬家,可是……丈夫垂头丧气地给领导打电话,他还有很多很多话,要跟领导说,可是,领导把电话挂断了,哼都没有哼一声。

就冲自己这份心,领导好歹应该表达一下关心的啊。

丈夫的心,像一块青石,抛入了无边无际的黑色大海里。

都怪你个蠢婆娘,给我吃什么牛肉,肯定是买了注胶牛肉!丈夫气不打一处来,将所有的力气,都聚集到巴掌上,啪一声,扇在妻子的左脸上。

妻子的左脸顿时肿了,亮晶晶的。

夫妻俩一个捂着左脸,一个捂着右脸,恶狠狠地互瞪着对方。

泼 墨

晓如打开电视机,将频道调到地方电视台。雪莲说,今晚六点,电视上将播出她的专访节目,请晓如关注。

雪莲是本市小有名气的美女画家,擅长泼墨画。每当有人都夸雪莲有才又有貌的时候,晓如就以一副轻描淡写的口气说,哦,她呀,是我从小玩到大的闺密。

此话一出,晓如总是撞上一脸的狐疑和不信。

这种眼光,让晓如即受伤,又不屑。当晓如需要傍着雪莲抬身价啊,犯得着吗。

真的,雪莲画泼墨画时,是系围裙的,她怕墨汁溅到衣服上呢!晓如言之凿凿地强调。

在晓如和雪莲的朋友圈里,围裙不叫围裙,叫天衣。

这是有典故的。

一个周末,雪莲邀请朋友们到家里聚餐,邀请晓如帮忙主厨。

雪莲在画室里是天才,一进入厨房,天才就降格变成了白痴。而晓如的厨艺,则是直线飙升到众口易调的高度,晓如自然是义不容辞地应承下来。

当晓如系着围裙抄着锅铲,在厨房大显身手的时候,雪莲也系着围裙拿上画笔,在画室里大显神通。虽然她们不是英雄,照样都有各自的用武之地。

饭菜上桌时,有朋友看看晓如,又瞧瞧雪莲,豁然开朗般拍着巴掌说,你们瞧,一片围裙,就把大俗和大雅巧妙缝合起来了,围裙不再是围裙,而成了天衣,果然大俗即大雅啊!

将大俗和大雅区别开的,则是晓如手上的锅铲,雪莲手中的画笔了。

雪莲笑得画笔一抖,有一滴墨汁在围裙上氤氲开来。晓如好脾气地笑着,眼睛却瞧着这滴墨汁越氲越大,大得像黑沉沉的夜幕,劈头盖脸地朝她泼下来。

泼墨,是中国画的一种技法。绘画时,将墨泼于纸上,再随其形状进行绘画,形成水墨淋漓,气势磅礴的泼墨画……电视上,雪莲面带微笑,对着主持人侃侃而谈,打断了晓如的回忆。

为了上电视,雪莲很显然精心打扮过,她穿着白色亚麻裙,披一头墨黑的长发。雪莲说过,这身行头,很多人直呼有女神范儿。

女神,女神经范儿还差不多,没见过披头散发,穿着裹尸布上电视的!晓如的怨气淋漓尽致地泼出口,并在空气中氤氲开来。

隔着电视,雪莲丝毫不受影响,又一脸幸福地晒起自己的老公和孩子。

美女画家雪莲的生活,幸福得像一纸洁白的宣纸。节目的最后,记者得出了这么个令人艳羡的结论,还给一幅旁逸斜出的泼墨画做了特写,落款,雪莲。

晓如脑海中的念头,就是随着这幅泼墨画旁逸斜出的。

她也想画一幅泼墨画,别具一格的。

两年后,晓如打开电视机,将频道调到地方电视台。

报纸上说,今晚六点,电视上将播出雪莲的专访节目。

雪莲依旧面带微笑,向大家介绍最近新创作的泼墨画。

画上,有一个女人朦胧的面部,好脾气地笑着。却有一团浓黑的墨汁,清晰地砸在女人的脸颊上。

这幅画的创作灵感是什么呢? 主持人不无好奇地问。

某著名明星的泼墨门。雪莲眉毛轻扬一下,说。

据小道消息称,该明星遭遇泼墨门,是因为介入富商的家庭。请问,您创作这副泼墨门,是否与您的遭遇有关联? 到底是资深主持,知道艺术家的私生活往往比艺术家的作品更受人关注,嘴巴一张就去挖雪莲的隐私。

可不可以只谈泼墨画,不谈私生活? 雪莲脸上的笑容收了,冷冰冰地。

我记得以前,您很乐意聊您的家庭的! 主持人穷追不舍。狂挖名人隐私,才有收视率呢。

幸福不能晒,一晒,蒸发得特别快! 雪莲重新挂上笑容,巧妙地搪塞过去。

别看了! 一只手伸出来,叭地关掉了电视。

是阿锋。

为什么不能看? 你还忘不了她吗? 晓如不无敏感地追问。

阿锋曾是雪莲的老公,如今,是晓如的丈夫。

半年前,雪莲将老公阿锋和闺密晓如堵在了自家的床上。

你们为什么这样? 背着画板的雪莲气得一抖,手里的画笔掉在地上,一滴墨汁在围裙上氤氲开来,却遮不住眼前的场景,太难以置信了。

绘画时,将墨泼于纸上,再随其形状进行绘画,形成水墨淋漓,气势磅礴的泼墨画。晓如突然想起,雪莲曾经在电视上说过的话。

除了画画,你什么也不会!但是我上得了厅堂,入得了厨房,进得了卧室!晓如终于把埋藏在心里多年的话,气势磅礴地泼了出来。

这幅别具一格的泼墨画,晓如花了两年时间才完成。

在纸上泼墨是画家,在别人的生活中泼墨,是不是也是画家呢?

晓如真想听听那位发表"围裙即是天衣"朋友的高论。

当然听不到。

所有朋友都与晓如反了目,他们众口一词地认为,晓如是墨,一近就黑。

我黑吗?晓如对着镜子摸摸脸,很白皙的一张脸,嫩滑如白玉。

当雪莲的"泼墨门"一画炒到了相当的热度时,晓如突然发现白皙脸颊边起了一片黑斑。

不偏不倚,正好长在雪莲画中女人被墨汁砸中的位置上。

白　描

林素素就像一幅白描。

这话,是宋小军说的。

为什么要像白描?林素素撇起嘴,像水墨多美,韵味十足,像油画也行,绚丽多姿,像漫画也好啊,天真可爱嘛。

像素描,哼,林素素噘起嘴巴,倒要听听宋小军有何高见。

宋小军刮了一下林素素的鼻子,说,白描线条流畅,朴素纯粹,鲜明生动,在我心里,你就是一幅白描。

林素素就笑了,噘起的唇角秒变成弯弯的弧形。

就这样,别动!宋小军连忙跳开来,往后退一步,再一步,还一步,好了,距离产生美。

一遍一遍端详完美不胜收的林素素,直到烂熟于心了,宋小军才支起画板,弯弯曲曲描几笔,林素素的笑容便弯到了画板上。

画板留得住林素素的笑,留不住林素素的心。

宋小军只是一名普通的美术老师,没有马良的神笔,画不出金山银山让林素素的生活像水墨韵味十足,像油画绚丽多姿,羁绊着林素素向往繁华世界的脚步。

林素素离开那天,宋小军把厚厚的一沓画儿拿出来,本想点燃一把火烧了。想了想,到底不舍得,一思二思加三思之后,将画儿卷成一扎,束之高阁。

画上,全是他为林素素画的白描。

宋小军不再画白描了。

不论他画谁,眉眼笑容中,总是带着林素素的影子。

后来,宋小军辗转打听到林素素的消息。听说,林素素到了深圳,在一家 KTV 当服务员,化着浓妆,穿着露背装,漫画都不像了,一点也不天真,一点也不可爱。

宋小军只要到 KTV 里玩,就会想起林素素。他从陌生的服务员身上,寻找着林素素的影子。

有一次,宋小军看到一个服务员的背影很像林素素,消瘦的肩膀,流畅的线条,便情不自禁地尾随上去。

孰料,却看到服务员嬉笑着,半点都不难为情地坐到一位客人的大腿上。

宋小军没心情唱歌了,回家,把林素素的白描从高阁上取出来。

林素素的笑容上,已经蒙上了一层厚厚的灰。

宋小军叹一口气,仔细将灰尘拂走。将画儿重新一卷,再次束之高阁。

光阴似白驹过隙。有人告诉宋小军,林素素到了一家机关上班,还当上了白领,盘着头发,穿着优雅得体的职业装。

宋小军心里既高兴又心酸,高兴的是,林素素离开了他,果然能过得更好;心酸的是,林素素离开了他,居然能过得更好。

毋庸置疑,林素素离宋小军越来越远了。

意料之外的是,林素素却回来了。

林素素回来,是想取回过去宋小军为她画的白描。

在林素素的注视下,宋小军手忙脚乱,爬上凳子要取出束之高阁多年的白描。

越慌越乱,宋小军手一抖,那卷白描纷纷扬扬地从高空中散落下来,落到林素素的脚下。

画上的林素素笑容已经泛黄了。

再替我画一幅新的白描吧!林素素说。

宋小军像过去一样,一遍一遍仔细端详着林素素。

林素素低下头,不好意思地笑了笑,唇角弯弯的。

这笑容,却没能弯到宋小军的画板上。宋小军退一步,再一步,还一步,却找不到合适的距离了,那个能产生美的距离。

无论宋小军多么认真,多么虔诚,画板上的林素素都笑得不能烂熟于心。

或许是多年没画白描的缘故，技法生疏了！宋小军画出一脸的尴尬。

林素素取走了那叠旧白描，也取走了宋小军最后一丝念想。

多年后，宋小军再次得到林素素的消息，是在网络上。

这次，不需要宋小军刻意打听，也不需要有人专门转告宋小军。网络上铺天盖地都是有关林素素的新闻，想不知道都难。

新闻里说，林素素是被某领导从床上提拔起来的女干部。从KTV提拔到机关单位，从机关单位提拔到小领导……

靠山倒了，林素素也倒了。

看到新闻的当天晚上，宋小军做了一个梦，梦见林素素又回来了。

还是在宋小军的画室里，林素素说，她想取回过去的那些白描。

我不是已经还给你了么？宋小军说。

没有，还有一张，存放在你心里！林素素依旧笑，唇角依旧弯弯的。

宋小军就伸出手，在心里掏过来掏过去，却怎么也掏不出来。这张白描被宋小军束之高阁，束得太高了。

心比天高的林素素一撇嘴，手轻轻一伸，就取到了白描。

孰料，那张纸上空空如也，林素素的脸淡了，最后成了空白。

一觉醒来，网络上传出林素素不堪压力，跳楼自杀的消息。

随着林素素一同飘下的，还有纷纷扬扬的一沓白描画。

宋小军机械地把头靠近电脑屏幕，将跳楼现场的照片放大，放大，再放大。

现场已经被清理，只留下警察画的一道人形，那是林素素躺下时的最后姿势。

宋小军终于看清楚了,林素素留给人世的最后一张白描。

线条流畅,朴素纯粹,鲜明生动。

工　笔

贾大虎的目标是当上局长。

你性格急躁,并不适合从政。贾父委婉地提醒贾大虎。

贾父一辈子没当过领导,他是个画家,画得最多的是工笔仕女图。

父亲的善意提醒,贾大虎觉得不值得考虑。

仕女和仕途只有一字之差,我画得了仕女,自然也深谙仕途之道!贾父煞有介事地说,世间万物,都是相通的。

纸上得来终觉浅,这种书生意气的话,贾大虎自然听不进去,一心一意地奔着仕途去了。

遗憾的是,贾大虎的目标还在千里之外,贾父便因病去世了。

贾父去世时,留给贾大虎一个泛黄的笔记本。这是贾父的毕生心血,记载着工笔画的详细步骤。

贾大虎不肯学工笔,贾父也没找着合适的继承人,笔记本不泛黄也说不过去。

父亲没了,仕途也不得意,贾大虎心灰意冷,便转了心意,照着笔记本学画仕女图了,画画他还有点童子功,从政他真是两眼一抹黑。

仕女跟仕途还真是一字之差,父亲没有骗他,对局长位子念念不忘的贾大虎翻开笔记本一下子如醍醐灌顶。

奇书啊！分明是。

笔记本首页端端正正写着：

第一步，线稿：必然要严谨细致，面面俱到，笔笔到位，每个细小的环节都不能松懈……

这哪里是画工笔的步骤？分明是从政的路数啊。

世事洞明皆学问，贾父将毕生心血送给了贾大虎，真可谓是用心良苦。

贾大虎照着笔记本里的记载，琢磨出一套严谨的方案，早上陪着领导晨跑，晚上陪着领导泡脚，中午单位有应酬，他在领导身边晃悠。总之，他不放过每一个能接触到领导的细节。

一年之后，贾大虎如愿当上了副科长。

贾大虎立马研究第二步骤，父亲的笔记本有着锦囊妙计呢。

第二步，落墨：落墨前要先有整体构思，哪里实哪里虚，哪里深哪里浅，均需做到心中有数。

这一步骤操作起来有点困难，贾大虎跟踪了科长大半年，才收集到虚虚实实，深深浅浅的证据。一封实中有虚的匿名信，将科长告到了纪委。

科长到纪委喝茶，贾大虎理所当然地顶替了科长的位子。

第三步骤自然要紧锣密鼓地实施。

第三步，勾线：将简单的线条按其纹理，反复勾线，注意打造厚实沉稳的基调效果。

贾大虎在家里，将宣纸画破了几百张，才琢磨出这段话背后的深意。看望低保户时，贾大虎穿上农民们常穿的黑布鞋；巡视工地时，贾大虎换上工人们一样的蓝上衣……

功夫不负有心人，贾大虎在群众心中，打造出了勤俭为民的人民公仆形象。在群众的呼声中,贾大虎扶摇直上当上了副局长。

与局长的目标只一步之遥了,贾大虎不慌不忙着手打磨第四步骤。

进一步渲染,营造出画面效果。

画面效果?这一步简单,贾大虎只要下乡,就特意带上摄影师。第二天,当地论坛上就会出现一组关于贾大虎的新闻照片。或冒雨视察,或亲切握手……上镜率比局长还高。

平步青云的美梦指日可待,偏偏,纪委神情严肃地找他谈话了,建议贾大虎离职反省。

离职反省?

纪委耐心地解释说,因为那些新闻照片,贾大虎成了市民们口中的"摆拍领导",鉴于其在社会中造成了严重不良舆论,经纪委研究决定,离职反省。

难道我理解错了吗?这真的只是一本教画工笔的笔记本,不是什么官场宝典?贾大虎猫在家里,喃喃自语着再次翻看着笔记本。

肯定会有第五步骤,绝地反击?或者,逆袭上位!

然而,没有第五步骤,笔记本最末一页,只有一段注意事项。

切记!画面渲染时,要有耐心,完全固色后方可进行下一步渲染,否则会喧宾夺主,功亏一篑。

笼中鸟

世界那么大,我想去看看。

单四嫂正在替孙子塞尿片,电视里飘出来的一句话,钻入她耳朵。拿着尿片的手猛地一抖,单四嫂像不小心遭到了电击。

这句话,岂止是似曾相识,完全发自她的内心。

单四嫂年轻时,读过徐霞客游记。她眼里闪着两簇光芒,望向一望无际的蓝天白云。

世界那么大,我想去看看。

梦想在心里萌芽,小小的、柔嫩得像初生的小鸟。

刚成为她丈夫的男人为难地抠出存折,存折上的数字,几近为零。

小鸟要经过等待,才能长出丰满的羽翼。单四嫂和丈夫勤勤勉勉地工作,精卫填海般地往存折上添数字。

终于,存折上有了一笔可观的数字,可以去看世界了。

单四嫂将存折贴在胸口,仰起脸微笑。她仿佛看到了那只梦想小鸟,正缓缓地张开翅膀,将要飞进暖融融的阳光下。

没想到,迎来了一场太阳雨。

单四嫂的肚皮里,孕育了一个小太阳。

等孩子一出生,我就陪你去看世界,尽情地玩上一年半载!丈夫将耳朵贴在单四嫂肚皮上,听着幸福的胎音,觍着笑脸对单四嫂承诺。

诺言都是用来骗人的,一晃,几十年过去了,单四嫂的一年半载在哪呢。

在儿子的出生、成长、求学,在工作的改革、下岗、再就业……渐渐地,单四嫂的两鬓生出了华发,这个倒不需要一年半载,一夜之间头发就白了。

出远门游历的梦想小鸟,也熬成了白头翁。

丈夫的承诺,还不曾实现。

不是不想,是不能。

丈夫患了重病,穷人是生不起病的。

临死时,他拉着单四嫂的手,喃喃说,对不起,世界那么大,我都没腾出时间,陪你去看看。

单四嫂握着丈夫的手,使劲地摇头,说,我不要看什么世界,你就是我的世界。

摇着,摇着,泪飞顿作倾盆雨。

总有一天,我会帮你去看那个大大的世界!单四嫂默默地在心里向丈夫许诺。

操办完丈夫的丧事,单四嫂合上存折,剩下的钱,不多了。儿子还要结婚,彩礼钱迫在眉睫。

放好存折,单四嫂将一块钱掰成两半花。剩下的一部分钱,做为旅游基金。

终于,儿子结婚了,打算去桂林度蜜月。

是桂林山水甲天下的桂林吗?单四嫂眼巴巴地看着儿子,儿子打小就知道单四嫂有看世界的梦想。

儿子为难地看向媳妇,媳妇一嘟嘴巴,看向雾茫茫的天空。

你们去吧,我不差这一时半会儿!单四嫂将积攒下来的旅游基金,悉数塞到儿子手里。

这一时半会儿,如洞中千年,一等又是好多个一年半载。

蜜月里,媳妇怀孕了,照顾完媳妇的孕期、月子,单四嫂手里多了个沉甸甸的小孙子。

怀抱孙子的单四嫂眯眼看窗外西沉的落日,想起冗长的往事。

她穷其一生,追逐着那个近在咫尺,却又遥不可及的梦,就像逐日的夸父。

哇,小孙子的啼哭声,将单四嫂放飞的思绪拽回现实,这孩子,才半岁,就嫌待在家里闷,想出去看世界了。

抱着孙子,单四嫂在小区里转悠。

转了几圈,碰到了住在同一小区的葛大爷。

葛大爷有严重的风湿,哪也去不了,平时有一大爱好——遛鸟。

今天也不例外,葛大爷手里拎着一架鸟笼。

仿佛有一只小鸟欲破笼而出。

单四嫂眼珠转一转,跟葛大爷说,你帮我抱抱孙子,我看看你笼中的小鸟。

鸟笼一到单四嫂手中,单四嫂就打开笼门,将小鸟放飞了。

看到小鸟扑棱着翅膀,沐浴在金黄色的夕阳里,单四嫂有说不出的高兴。

单四嫂的梦想小鸟,在现实里,已经折翼。

那就放飞这只笼中鸟,代她去看看这个世界吧。

替罪羊

破天荒地，一脸廉政相的王队长望着小黄笑。

还笑得这么亲热，破天荒了。

王队长不会以为自己在照镜子吧？小黄难以置信地看着王队长的眼睛。

众所周知，小黄和王队长相貌有几分像，玻璃与镜子的那种相像。

但两个人在局里的身份，则是云与泥的悬殊。

王队长是高高在上的云——城管大队的执法队队长；小黄是任人践踏的泥——跟在王队长身后拎包的临时工。

高高在上的云，怎么会俯下身段，对泥献殷勤呢？

哪怕老祖宗有遗训，无事献殷勤——非奸即盗，可这些，都轮不到小黄啊。

很快就有了答案。

这会儿的小黄，在王队长眼里，就是一只羊。

替罪羊。

王队长带队执法时，与摊主产生了冲突，冲动之下，打了人，被好事的围观者拍了视频，现在，舆论追得正紧，要求城管局，交出肇事者。

群众的呼声很高，高得城管局局长都不得不低调，小黄看着王队长，不说话。

王队长也不说话,他推过来的一张支票,帮他说了话。

第二天,城管局召开了新闻发布会——临时工干的,已清退云云。

小黄失业了,他心里有点儿难过,些许的难过很快就被手中的支票吹散了。

支票紧握在手中,被风吹得猎猎作响,小黄终于付得起房子首付了。

当了十年临时工,还不如当一次替罪羊呢!

买了房,小黄寻思着该找工作了,他在网络上,投递出一份又一份的简历。

都石沉大海。

天无绝人之路,这天,小黄在大海一样的网络信息中,发现了一个举报贴。

该网民声称,他随手拍到一辆公车,停靠在灯红酒绿的洗脚城门口,开车的是什么人? 顶风而上啊,这事,必须严查!

小黄一拍脑门,查,严查! 小黄迅速查出该公车的信息,顺瓜摸藤,给领导打了个电话。

你好,你单位公车私驾被曝光了,请问,需要替罪羊帮你扛下来吗?

经过几番谈判,小黄与对方签拟了一份替罪羊合同。小黄表示,会维护领导形象,对当替罪羊的事守口如瓶。

不久后,公车私驾的帖子后面,跟了一条严正声明——临时工干的,已清退云云。

谈成了这笔交易,小黄信心十足。如法炮制又谈成了好几笔生意,不仅还清了房贷,还买了车,娶了个漂亮老婆。

老婆主内,在家里搜集举报信息;小黄主外,亲自登门洽谈业务。

没隔几年,两人的生意越做越红火,小黄干脆成立了替罪羊有限责任公司,业务扩展的需要。

公司能为客户提供各式花样的替罪羊形象,有官员、城管、明星警察、情人(妇)……替罪羊们能为丈夫摆平绯闻,为明星洗白艳照,替官员收贿……

只有想不到,没有做不到。

公司发展到后来,临时工的形象彻底被搞臭了。

小黄不怕,没了临时工,还有志愿者。

这天,公司来了一位新的应聘者,小黄用眼角扫了扫,吓一跳,以为对面立了一面镜子。面熟,非一般的面熟。

来人对小黄殷勤一笑,小黄就回忆起来了,原来是王队长。

多年不见,云和泥倒了个儿,小黄成了黄老板,王队长成了个失业人员。

小黄能有今天,也多亏了王队长的启发。小黄便把王队长留在了替罪羊公司,替自己拎包。

有一天,小黄洽谈了业务回来,发现家里多了双男人拖鞋。

推门进去,一个男人搂着自己的漂亮老婆啃,两个人正一家人样亲密无间着。

乍一眼看过去,小黄以为自己在照镜子。

男人是王队长。

王队长,你怎么……小黄刚发声质问,漂亮老婆抢先说,谁是王队长?你才是王队长!他是我的丈夫——小黄。

小黄偏着脑袋想来想去,想不出所以然,替罪羊的次数当太多了,自己究竟是王队长,还是小黄?

漏网鱼

六月,竟突如其来下起了冰雹。

下得爹胆战心惊。

是不是儿子犯下的罪孽,让受害人喊起了冤屈?古戏文里不是有六月飞雪的场景么。

爹拾起一块鸡蛋般大小的冰雹,冰雹很冰,寒气在六月依然彻骨。

再冷,也抵不过心底的凉。一个多月了,大虎还不见踪影。

最好让冰雹把他砸死,永远也不要回来!爹狠狠地将冰雹砸在地上,冰雹碎了,跟爹的心一样四分五裂开来。

爹和大虎相依为命,是彼此唯一的亲人。爹对大虎娇惯得很,蚊子叮在大虎身上,都不舍得拍一下,而是吹蒲公英一样,轻轻吹走。

没想到,大虎犯下的恶行,像被吹散的蒲公英种子,四处开花,只差要生根发芽茁壮成长了。

昨天,打了李家的狗。前天,偷了张家的鸡。

这些鸡零狗碎,也就算了,离大奸大恶相去甚远。大不了,爹觍着一张老脸,揣上血汗钱,逐个登上门去,向受害者赔个不是。

直到,警察登上门来,爹才知道,大虎在外面横行到了什么地步。

大虎和几个狐朋狗友,喝醉了酒,恶向胆边生,竟然拦路抢劫,遭到受害人的拼死抵抗,几人残忍将其杀害,而后作鸟兽散了。

散,也散不出警察的天罗地网。警方不分昼夜,逮住了一只蟹将,紧跟着,扯大网似的,兜上来一群虾兵。

精明的大虎,成了漏网鱼。

当着警察的面,爹气得摔烂了大虎用过的所有东西,照片、茶杯、牙刷、两岁时穿过的虎头鞋……

"他只要前脚进门,后脚我就扭他去公安局自首!"爹朝着公安局大门,将胸脯拍得嗡嗡作响。

爹没文化,但是,他懂得大义灭亲的道理呢。

警察走后,爹将撕碎的照片,重新拼凑、粘贴起来。

照片上的大虎,高高大大,搂着爹,多贴心啊!

从什么时候起,大虎变了心呢?

是该死的电脑。大虎迷上了游戏,隔三岔五,翻家里的抽屉偷钱。

还有,那群狐朋狗友,吆五喝六地赌博,赌输了,便唆使大虎,找爹要钱,要不着,就抢。

大虎第一次向爹动手,是为了一百块钱。

给我!大虎眼睛血红,像面目狰狞的吸血鬼。

杀了我也不给!爹紧紧地将衣兜捂住。

用得着杀?大虎只一掌,就将爹推了一个趔趄,然后骑在爹身上,将爹衣兜里的钱洗劫一空。

那一掌,将爹的心推到了冰窟窿。

回忆起不堪的往事,爹咬牙切齿地灌下一瓶二锅头。

早知如此,何必当初,不如由自己亲手结束了这个逆子,为民除害。

地上的冰雹快融化时，门吱呀一声响。

爹头也不用回，就知道，大虎，他的儿子，终于回来了，摸黑回来了，他走的，本来就是一条黑路。

大虎胡子拉碴，如惊弓之鸟。

爹，给我一些钱，快，越多越好！大虎一边收拾衣物，一边向爹哀求。

你要钱做什么？爹眼神冷冷的。

爹，我不想坐牢！

你想坐也得坐，不想坐也得坐！

大虎眼睛里滴出血来，爹，你疯了？虎毒不食子呢。

我不能再放你出去害人了！爹搬起一把沉重的椅子，守住门口，堵成了一座山。

大虎冷笑一声，说，爹你搞清楚，我跑出去害人，都是你逼的。

你跑出去害人，说是我逼的？爹仿佛听到了最好笑的一个笑话。

如果不是爹把钱藏起来，我便不会到外面去偷；爹要是大方地给我钱，我就不会到外面去抢。

爹气得说不出话来，从身下抽出椅子，朝大虎脑袋狠狠地砸去。

大虎猝不及防，眼前金星一冒，栽倒在地上。

再一摸，一脸的血。

爹奔过来，手里握着一把寒光闪闪的刀。

窗外的冰雹下得更大了，爹知道，那是受害人在哭号呢。

爹扬起刀，手臂颤抖着。

受了伤的野兽往往比平时更可怕，趁着爹颤抖的当儿，垂死挣扎的大虎抢过刀，一把捅在了爹的肚子上。

爹的手，软软地垂了下来。

爹，都是你逼我的！大虎捂着血流不止的脑袋，看着痛苦扭曲着身体的爹。

弥留中，爹看着大虎手忙脚乱地背起行李。

慌乱的大虎看到桌子上，摆着一张照片。愣了一下，大虎拿起照片，塞进随身的衣兜里。

窗外的冰雹愈下愈急，如同是铺天盖地的追捕声。

大虎一步跨过爹的身体，就要夺门而出。

爹一把拽住了大虎的裤管。

大虎使劲地挣，挣不脱。

那是爹拼出了浑身力气，拉住了他。

爹断断续续地说，钱，所有的钱，都在枕头下面，永远，永远也不要回来。

及　鸟

爱情是一种味道。电影《非诚勿扰》里，梁笑笑对秦奋说。

一千个人的爱情，就有一千种无法言喻的味道。

冯小梅的爱情也有味道。只是，这味道，横在冯小梅与男人之间，横成了一道银河的距离，也不是不可逾越。

因为，狐臭。是的，冯小梅有狐臭。

冯小梅也曾遇到过不嫌弃她有狐臭的男人——那人有严重的鼻炎。

本来吧，歪锅配歪灶，狐臭配鼻炎，不是皆大欢喜吗？

不过，冯小梅不乐意。

鼻炎男由于鼻子堵气，隔三岔五都要掏出纸巾擤鼻子。

纸巾擤鼻的习惯，落到冯小梅眼里，简直是罪大恶极，是对自己赤裸裸的侮辱呢！相当于此地无银三百两，提醒冯小梅随时顾及自己的狐臭。

冯小梅在棉纺厂上班。

棉纺厂里弹花车间棉絮粉尘满天飞，身上铺了一层白霜的女工们，都戴着白口罩，屏声静气劳动。

很显然，这份工作再适合冯小梅不过了，没人闻得到她的狐臭。

别人弹棉花时，都戴口罩，唯独冯小梅不肯戴。

所有掩鼻的行为，对冯小梅都是指桑骂槐的行为，冯小梅不可能满嘴含沙射向自己影子，除非她被刺激了，大脑不正常。

有一天，鲜少露面的厂长不知道受了什么刺激，突如其来地杀到车间来视察。

厂长身后还跟着车间主任贾大胜。

女工们更加热火朝天地弹棉花，仅用露在白口罩外面的两只眼睛，热烈地欢迎领导莅临视察。

厂长反剪着双手，慢慢踱步，踱到冯小梅工作台前，突然停住了。

贾大胜连忙挤上前来，声色俱厉地说，这个谁，你怎么违反工作规定，不戴口罩？

冯小梅赶忙站起来，紧张得浑身冒汗。

一股更强烈的狐臭悄无声息地弥漫开来。

附近的女工都皱起眉头，掩住了鼻子。

冯小梅尴尬得快哭了。

滑天下之大稽的事发生了，厂长竟然伸出肥厚的右手，在冯小梅的左肩上轻轻拍了两下。

好好干！厂长以前所未有的平和口气对冯小梅说。

说完，厂长又反背着双手，挪到下一个工作台去了。

贾大胜却还留在原地，盯着冯小梅的脸。

看到贾大胜发亮的眼睛，冯小梅吃了一惊，脸皮发烫，是羞涩引起的。

贾大胜也温和地伸出右手，如法炮制，在冯小梅左肩上轻轻拍了两下。

只两下，足以叩响了冯小梅的爱情之门。

私底下，贾大胜再三央求冯小梅，送我一件你贴身穿过的内衣吧！

等我洗干净了，洒上香水再给你！冯小梅似水莲花般不胜娇羞地说。

不要洗！千万不要洗！贾大胜一迭声地强调，我就喜欢闻你身上的味道。

爱情真的是一种味道，那一刻冯小梅差点流了泪。

《非诚勿扰》里舒淇扮演的梁笑笑没有骗人。

狐臭还可以是爱情的味道。

送给贾大胜的贴身内衣上，冯小梅特意绣上了几只喜鹊。

喜鹊，搭起了冯小梅与男人之间的银河桥，让他们成功逾越了。

好景不长。

冯小梅猝不及防地发现贾大胜移情别恋了。

贾大胜和轧花车间的鲍牙妹好上了。

全民微阅读系列

为什么？冯小梅生气地质问贾大胜。

你有狐臭。

你以前不是很喜欢闻我身上的味道吗？

以前是以前，人不能一成不变吗！贾大胜抽出纸巾，嫌弃地掩住鼻子。

把我的贴身内衣还给我！悲恸欲绝的冯小梅抽动着肩膀大喊。

当抹布都嫌臭，早扔了！贾大胜漫不经心地耸耸肩膀。

冯小梅将自个儿当抹布一样，从棉纺厂里扔出自己来。

临走那天，无巧不巧地，冯小梅又碰到贾大胜。

贾大胜小心翼翼地跟在新厂长后面，逐个车间视察。

冯小梅发现，刚调来的新厂长是个鲍牙。

毋庸置疑，才调走的原厂长一定有狐臭。

爱屋，真的可以及乌。

补 牢

十字街口，崔大成又看到那个民工。面前的麻袋上，半人高的青瓷花瓶，因傍晚加剧的风雪，明显地胖了一圈。

这还不够，他居然将旧棉袄套在花瓶上，丝毫没有收摊的意思。

崔大成收住脚步问，这坛子多少钱卖？

坛子？民工一副比窦娥还冤的表情，这是文物，明朝的，老值钱！

崔大成冷哼一声，拔脚要走。好心买下让他早点回家，哪晓得，把自己当冤大头来骗。

又没卖出去！民工面如死灰，一年到头，累死累活，连回家的路费都赚不上。

一年到头，累死累活？话里有话呢。

向来有恻隐之心的崔大成索性蹲下来，不弄清楚回去是无法安心的。

原来，青瓷花瓶是工头抵给民工的薪水，工头说，老板溜之大吉了，他也没办法，只好将家传之宝，抵给了民工。

难得有人围观，民工絮絮叨叨个不停，似乎能把一年到头的希望，从乱麻般的话语中搜出来似的。

还真搜出来了。

听明原委的崔大成三下五除二，拽下青瓷花瓶上的棉衣，披在民工身上，说，我仔细看了，真是明朝的文物呢！走，抱上坛子，不，文物，上我家拿钱去。

真的？民工半信半疑。

真的！崔大成认真地点头。

民工抱起青瓷花瓶，欢天喜地地跟在崔大成身后。

雪花变成了雪幕，瑞雪兆丰年呢！崔大成想借这个吉兆，让民工也过一个丰年。

丰年还真是丰，年刚过完，崔大成家便迎来一位不速之客。

不速之客穿貂皮，梳着大背头，发蜡打得比宝马还锃亮，幸好是冬天，没苍蝇落上去，不然得崴苍蝇的脚。

光明太阳能有限公司董事长，李光明。不速之客递过来一张名片。

崔大成一怔，素昧平生啊。

李光明开门见山地说，崔专家啊，听说，你年前刚收了一件宝贝？

什么宝贝？崔大成一脸茫然。

李光明游目四顾，一眼瞅到了搁在墙角的青瓷花瓶。

就这个宝贝，你开个价吧，二十万中不中？李光明眼里亮光大炽。

二十万？崔大成不无惊讶地看着李光明，摆摆手说，这压根儿不是宝贝，买回去，当泡菜坛子还嫌中看不中用。

您跟我藏拙呢？李光明得意洋洋地说，我早打听清楚了，崔大成，我国知名文物鉴定专家，你看上的东西，还能走眼？不就是钱吗，他啪地拍出一张支票，说，这花瓶，你卖也得卖，不卖，也得卖！

说完，不顾崔大成的阻挠，李光明抢起青瓷花瓶夺路就跑，正好与跨进门的两个人撞了满怀。

李老板！民工见到李光明，吃了一惊，旋即扑上去，死揪住他貂皮的衣领不放。

别打碎了我的宝贝！李光明顾不上貂皮衣领，死死抱着青瓷花瓶。

明明是我的宝贝！另一人闻言，冲上去，争抢起青瓷花瓶。

再闹我报警了！崔大成一声断喝，三个人立马分开。

另一人，便是将青瓷花瓶抵给民工的工头。

民工拿到两万块钱后，扣除工资，将剩下的二百八十元，还给了工头，听说青瓷花瓶居然卖出了两万元，工头大吃一惊。

悄悄一打听，买走青瓷花瓶的人，是文物鉴定专家崔大成。

有眼不识金镶玉呀！工头捶胸顿足，取出全部积蓄，约上民工，返回崔大成家里，想出钱将青瓷花瓶赎回来。

明朝的文物，岂值两万？

没想到，风声传了出去，倒被李光明棋先一着二十万先抢走了。

二十万我已经出了，宝贝当然是我的！李光明吹胡子。

从我家卖出去的，我才是原主人！工头瞪眼睛。

李老板，你还欠我村其他兄弟二十万元薪水，你得还给他们！民工好不容易逮住李光明，哪肯松手？

拉拉扯扯间，就听"啪"的一声脆响。

三人正纠缠着，一不留神青瓷花瓶被崔大成夺过去，摔了个粉身碎骨。

三人面面相觑着，崔大成拾起一块瓶底的碎片，睁大眼瞧瞧，瓶底上刻着什么？

——中国制造。

最多二十元！崔大成拍一拍手。

那你还花两万元买？李光明、工头、民工都愣了。

一年到头，累死累活，不能让民工朋友回不了家呀！崔大成将二十万支票塞给李光明，别忘了，我们祖宗往上数三代，都是农民。

崔专家，我回头就把两万块钱还给你，农民不能让农民吃亏！农民工说完一鞠躬，夺门而出。

我怎么就鬼迷心窍呢？这花瓶，明明是前年从菜市场里买的！工头垂下头，过门槛时脚底虚了一下，差点绊倒。

李光明明显癔症了一下，就一下，他快步追出去，把支票塞给民工说，拿着吧，这是其他民工的工资。

李光明冲崔大成不好意思地笑，我爹妈，也是农民呢，这名字还是用一斤鸡蛋换来的,不能枉费了爹妈的心思。这么做不晚吧,崔专家?

添　足

呜哇,呜哇,呜哇……

妈,您听到了吗? 您有孙子了,哭声最响的就是您孙子!

啼哭声从遥远的城市传来,钻过长长的电话线,裹挟着咝咝的电波声,细不可闻地依附在刘婆婆耳膜上。

刘婆婆的眼泪一下子涌出来。

乖孙儿和我心连着心,我流眼泪,就是孙子在流眼泪。刘婆婆伸出食指,在面颊上拭起一滴眼泪,又小心翼翼地将泪水送到舌尖上,舔出了一嘴新生儿的奶香味。

妈,您腿脚不方便,路费又贵,等宝宝一满月,我就带他回乡下,让您一次抱个够! 儿子在那边叫天子一样哄刘婆婆。

我孙儿吃得还够吧? 刘婆婆一天一个电话,三句话里有两句不离这个话题。

不太够,奶水不足。隔着电波,刘婆婆都能看见儿子的愁眉苦脸。

大城市的媳妇儿真没用,连只乡下的母羊都不如。刘婆婆终于有机会发泄不满了,谁让这个儿媳妇瞧不起她这个乡下的婆子的。

刘婆婆养了一只母羊,母羊吃的是山旮旯里常见的草,挤出的奶水,把新生的小羊养得肥肥壮壮的。

娇滴滴的媳妇儿,吃的是月子中心开出的营养催奶餐,在肠子里打了转,屙出去全浪费了。

想到孙子吃不饱,刘婆婆的心就开始打战,疼得与胃连成了一片。

我胃疼,肯定是孙儿饿得不轻呢。多么牵强的理由。

刘婆婆疼得坐不住了,锁上门,柱起拐杖,筹集路费去看孙儿。

咩,咩——

刘婆婆将一只母羊和两只小羊卖给了小肥羊火锅店。

羊儿们咩咩地叫着,刘婆婆满脸泪水将卖羊换来的钱,买了最便宜的硬座票和最贵的进口奶粉。

您可真舍得!超市老板很少见到这么大方的乡下老婆婆,不过日子了啊。

不舍得咋行,刘婆婆瘪着嘴巴用很见过世面的语气说,万一买到假奶粉和毒奶粉,我孙子就变成大头娃娃了。

火车上,刘婆婆脱下衣服,将进口奶粉包好,搁在座位上。自己人则两手一抱膀子,坐在座位旁边的车板上。

奶粉比人还金贵啊!火车上的乘客打趣说。

那是,金贵的孙子当然得喝金贵的奶粉,刘婆婆一本正经地说,让宝宝喝上真奶粉,她当婆婆的才安心。

下了火车,刘婆婆看看怀里抱的进口奶粉,咬着残缺的两颗牙,遵从儿子叮嘱,头一回坐上了出租车,不那样,孙子怎么能早一点吃上金贵的奶粉。

月子中心里,别人婆婆怀里抱着一个宝宝,刘婆婆像抱宝宝一样抱着一罐奶粉。

我很快也能抱到孙儿了！刘婆婆一点也不服气人家。

在护士的带领下，刘婆婆颤巍巍地找到了儿子所说的房间。

房间一开，刘婆婆就看到了儿子，儿媳妇，亲家母，围着一张挂满铃铛的摇摇床。

啊！你终于来了！亲家母欣喜地大叫一声，以罕见的热情地朝刘婆婆张开怀抱。

刘婆婆迫不及待地将带着体温的进口奶粉呈上去。

亲家母没接奶粉的意思，用跟自己年龄极不相称的敏捷身手，迅速绕过刘婆婆，走到刘婆婆身后。

尴尬不已的刘婆婆回过头一看，后面站着亲家公。

亲家公一身泥土，手中握着一根绳子，绳子那头，牵着一只看上去很眼熟的母羊。

好不容易才打听到一只哺乳期的母羊，托了好多关系，和另外一位抱孩子的爷爷打了一架，才从乡下抢回来的！亲家公颇为自豪，邀功般掸掸身上并不存在的泥土。

孙儿吃饱喝足，四肢乱动哇呜哇呜。

二重奏似的，母羊伸长脖子咩咩咩咩表功。

咱家宝宝终于喝上了放心奶！亲家公，亲家母，儿子，儿媳妇一个个欢呼起来。

儿子将粉嫩粉嫩的宝宝，递到刘婆婆手上。

进口奶粉已被刘婆婆悄悄扔进了垃圾桶里。一双手在衣服上擦了又擦，刘婆婆珍宝似的接过孙儿。

孙儿的嘴边，还挂着一滴洁白的羊奶。

刘婆婆伸出食指，小心翼翼拭起羊奶，又将羊奶送到舌尖上。

真正舔出了一嘴新生儿的奶香味呢。

刘婆婆开心地流出了眼泪，和孙儿的眼泪交织在一起。

皆大欢喜啊。

纯天然的。

无污染的。

刘婆婆笑着拭干眼泪。

那眼泪，却不是纯天然的，起码没了原汁原味，有的只是辛酸。

松

十个男人七个傻八个呆九个坏，还有一个人人爱。在欧阳雪眼里，张松柏就是那位人见人爱的只剩一个的濒危男生了。

欧阳雪变成了花痴，锲而不舍地倒追起张松柏。她的举动，令闺密们大跌眼镜。欧阳雪是眼睛长在额头上的人，挑选起男朋友来，比孙悟空筛选妖精还火眼金睛。怎么一遇见张松柏，就像孙悟空遇到了紫金葫芦，刷一下给收了？

我和张松柏，是上辈子失散的兄妹，这辈子重聚的情人，陈毅大元帅保的媒！一提张松柏，欧阳雪的桃花眼闪成了星星眼。

关陈毅元帅什么事？瞧这思维跳跃得连天花板都挡不住。

欧阳雪摇晃着脑袋吟起诗来：大雪压青松，青松挺且直，要知松高洁，待到雪化时。

切！闺密们作鸟兽散去，让欧阳雪一人在伴着青松当猢狲吧。

欧阳雪如愿挽着张松柏的胳膊，甜蜜地招摇在闺密圈，便有人将这个段子转述给张松柏听。

张松柏大男人的自豪感油然而生,腰板愈发挺且直,乍一看,真的站成了一棵伟岸的青松。

欧阳雪倚着张松柏的腰,眯了眼当众晒幸福说,嘿,我就喜欢你这样,顶天立地的范儿!

据说,幸福是不能晒的,晒着晒着,就雪一样化了。

果不其然,没过多久,欧阳雪宣布和张松柏谈崩了。

怎么崩的?闺密们争当吃瓜群众,欲求真相。

唉!欧阳雪叹出一脸的遗憾,此松非彼松呀。

此松非彼松?太含糊其辞了。

再问,欧阳雪就红唇紧闭,视死如归般不开口了,到底是欣赏程毅大元帅的人。

一晃几年过去,闺密们都陆续嫁了人。唯独剩下欧阳雪,形单影只地剩着,对爱情的憧憬,渐渐在欧阳雪的眼里凝成了霜,她变成了闺密眼里那块拒绝融化的冰。

闺密们心里都清楚,欧阳雪还在等张松柏。

茶放久了会凉的,心等久了也会死的。

张松柏是待欧阳雪心死了才出现的。

雪,我错了!

在张松柏满怀诚意的道歉中,在闺密们的穷追猛打下,分手真相终于水落石出。

当年,领导突然破格提升张松柏任会计主管,任谁都始料不及。

会计主管需要有三年的工作经验,张松柏之前的工作根本与数字绝缘,完全不符合任职条件。

欣喜冲晕了张松柏的头脑,他想也不想,便一口将天上掉下来的馅饼接住。

渐渐地，欧阳雪发现张松柏越来越不开心。追问之下，才逼问出领导授意张松柏做假账，报销假发票。

你应该向上级举报，并把这份工作辞了！欧阳雪义愤填膺。

张松柏慌了神，瞎说，我怎么可以忘恩负义？

呸！什么忘恩负义，你是舍不得那份职务和高薪！欧阳雪生气了，直接撕开了张松柏虚伪的面纱。

她爱张松柏青松一般的外表和性格，没想到，他骨子里是这般不高洁的人。

不管欧阳雪怎么劝阻，不到雪化时的张松柏都没回头之意。

失望之余，欧阳雪一步三回头地走了。

张松柏一动也不动地站在原地，站成了一棵歪脖子松，可惜不在黄山上，不然倒不失为一处风景。

欧阳雪落下了泪。

初见时，她爱死了张松柏这挺拔；分别时，她又恨极了张松柏这所谓的伟岸。

人生若只如初见，多好。

欧阳雪幻想着，张松柏有一天会醒悟，会回来找她。

一等就是好多年。

你怎么才来呀？欧阳雪一拳砸在张松柏略显干瘪的胸膛上。

张松柏再三犹豫，才道出了这几年的遭遇。

公司的假账越做越多，假发票金额越来越大，终于引起了上级部门的注意。领导慌了，命令张松柏伪造成失火现场，将所有的证据都烧掉。

你我是一条绳子上的蚂蚱。领导说。

张松柏惊惧之下，鬼使神差地依领导的吩咐做了。

这一把火,将不懂法律的张松柏连同领导一块烧进了监狱。

几年的牢狱生活,让张松柏很后悔。他最后悔的,是失去了欧阳雪。

张松柏一出狱,就刮净了胡须,辗转打听找到欧阳雪。

对不起,我,我一个月以前已经结婚了!欧阳雪艰难地说。

张松柏的腰杆一下子垮了下去。

为了帮助张松柏重新振作起来,欧阳雪不顾众人反对,邀请张松柏到自己公司担任会计。

一个月后,有关欧阳雪和张松柏的流言风一样在公司中悄然扩散。

两个月后,张松柏接到欧阳雪提升他为会计主管的通知。

吃软饭吃到这个境界,也算绝无仅有了,流言蜚语雪浪连天般涌来。

张松柏的背影那一瞬间颤了几颤。

别理他们,身正不怕影子斜,我们的交往是高洁的就行!欧阳雪再三挽留前来递交辞职信的张松柏。

张松柏闻言笑了,说,好妹妹,这次你就让哥哥站成一棵松吧。

说完,张松柏扯了扯衣服,挺直腰杆,头也不回地走了。

欧阳雪心里一动,仿佛又回到了初次遇见张松柏的那一瞬间。

这晚,欧阳雪把闺密们吆喝到一起,喝了个不醉不归。

有细心的闺密发现,积聚在欧阳雪眼里多年的霜化了,化成了一滴又一滴的热泪。醉态可掬的欧阳雪举起酒杯,摇头晃脑吟起诗来,大雪压青松,青松挺且直,要知松高洁,待到雪化时!

竹

李小竹这个人有点怪，怎么说呢？好像不怪一下对不起她扬州人的身份一样，那个画竹子的郑板桥不就是八怪之一吗？

郑板桥的怪，人家是生活的艺术，李小竹的怪，跟艺术的生活却搭不上边。

医院的同事们，个个都看得出来护士李小竹暗恋医生陈小军，陈小军走到哪，李小竹的眼珠就朵朵葵花向太阳一样转到哪，那炽热的目光将陈小军身上的白大褂都要灼穿了，可陈小军一回过头来，李小竹的眼神立马嫌弃得不得了，像看到了长年累月一般没洗过澡的叫花子。

陈小军不在意，他当李小竹这是竹的生动写照，未出土时先有节，至凌云处总虚心。

女孩子嘛，矜持是人家的专利。

在同事们的怂恿下，陈小军壮志凌云地递了小纸条约李小竹到住院区后面的竹林里，向她表白。

靠在竹子上的李小竹脸上瞧不出多欢喜，身子抵着一杆老竹，幽幽地问了一句，你喜欢小孩吗？

废话，这还需要问，陈小军忙不迭回答，当然喜欢啊，别说孩子，连小猫小狗都喜欢。

喜欢小孩和小动物，才能显出男人的爱心不是？

李小竹的脸色一下黯淡了，自诩为太阳的陈小军不知道自己说错了什么,让李小竹这朵葵花打了蔫。

李小竹可以像雾像雨又像风,陈小军可不想千磨万击还坚挺,时隔不久,他另觅一个温柔的姑娘结了婚。

不久,传出流言来,陈小军结婚当晚,有赴宴夜归的同事,看到李小竹独自在当初与陈小军约会的竹林里哭泣,哭得花枝乱颤的,不,竹枝乱颤的。

太做作了不是? 明明喜欢,还要装出咬定青山的样子,好端端的爱情,就是这么给做没了。

没了爱情,日子照样把李小竹往前推着跑,时光没把她拉下的意思。

是不是有什么隐疾? 面对三十出头还孤身摇曳着的李小竹,长舌妇们背后议论,再往前推一推,李小竹没头没脑地问陈小军喜不喜欢小孩子的话,大家便心照不宣了,李小竹肯定是没有生育能力。

未雨绸缪,这是对的。

当这个传说快成真理时,李小竹给了大家一个耳光,闷雷般,在大家耳根里嗡嗡作响。

她居然怀孕了,未婚先孕,没人知道李小竹的男人是谁。她身边,都没有过正儿八经贴过身子的男性。

问李小竹,她寡绿着脸,试管婴儿,行不?

未婚先孕的李小竹,很快被医院找理由辞退了。这种"伤风败俗"的行为,人民的医院是不能容忍的。

李小竹放弃了当"人民"的机会,自己容忍了自己的未婚妈妈身份,她独自拉扯着孩子,倒也不失节气,活在人民的喋喋不休中,那个神秘的男人一直不曾现身。

偶尔,李小竹牵着孩子,偶遇旧情人陈小军,也是目不斜视,仿佛那段曾经的暗恋，是长在地下的竹笋，没出土的东西，就应该掩埋。

如果孩子不病的话，那个男人永远不会浮出水面。

李小竹的孩子生病了，白血病，在李小竹的意料之中。

医生建议说，要寻找孩子的亲生父亲，看看那边家族是否有合适的骨髓源，孩子唯一可以活命的方法就是骨髓移植。

李小竹的脸变得雪白，露压风欺般失了血，两腿咬不定青山了。

失了血的李小竹还患上失心疯，抱着一摞传单，在住院区那个竹林里，见到路过的人就塞一份。

她是不是穷疯了，用这种方式筹医疗费！医院的旧同事们议论纷纷。

不是传单，是寻人启事！有人举着一份传单纠正。

寻找孩子的亲生父亲！

三年前的一个雨夜，如果你在竹林里碰到一位醉酒的姑娘，并对她实行了性侵，请站出来，你的孩子生命垂危，需要你的帮助。

性侵?！

拿到传单的众人，对着李小竹上上下下地打量，李小竹在千磨万击的猜疑中咬紧牙关，没有退避这些眼神，真的做到了立根原在破岩中。

将罪犯的孩子生下来？脑子不正常吧！医院的旧同事们对李小竹同情之余，更多的是不解。

李小竹有苦难言。

她恨，恨自己为什么有白血病家族史，尽管医生说，遗传因素是白血病的一个致病因素，并非所有的白血病都有遗传倾向性。

但李小竹还是不愿将这种微乎其微的遗传几率影响自己的爱情和婚姻。

李小竹喜欢孩子,陈小军也喜欢孩子,他连小猫小狗都喜欢的,没保障生健康孩子,她宁愿错过陈小军。

上天却没错开李小竹。陈小军结婚后,李小竹常常独自到竹林里,回味着陈小军向她表白的那些话,一遍又一遍地佐着这些情话下酒。

直到有一天,李小竹醉得不省人事,把竹叶沙沙当做陈小军的呢喃投身过去,恍惚间,她记得自己狠狠咬了陈小军一口,在手腕上,那是爱的铭记啊。

竹叶的沙沙声,掩埋了一个男人的罪恶,消弭了李小竹的耻辱。

更大的耻辱在后面,李小竹怀孕了。

也许,这是跟命运搏斗的唯一机会,抱着一丝侥幸,被强烈母爱冲昏头脑的李小竹决定生下这个孩子。

哪怕,只有一点点能为孩子赢得健康的希望。

天不遂人愿,上天不仅粉碎了李小竹的美梦,还将李小竹绝口不提的噩梦展露在众人面前。

时间一天天地流逝,寻找罪犯的希望越来越渺茫,李小竹由站着发寻人启事,变成了跪着发寻人启事,再后来,她拉着每一个过路男人的手,凄凄切切地问,是你吗?是你吗?

所有男人避之不及。

太可怜了,这个伟大的母亲!

李小竹的古怪,如今有了合理的解释,孩子的亲生父亲,依然下落不明。

无辜的孩子病死了,李小竹陡然之间老了十岁。她将孩子的骨灰,埋在了竹林里。

竹林里的人烟渐渐地稀少了,里面住着疯女人李小竹,每天都拉着过路男人的手不依不饶地问,是你吗?是你吗?

别找了,李小竹,开始新生活吧!陈小军眼睁睁地看着昔日俊秀的姑娘,一步一步地变成了疯女人,心情复杂。

李小竹一把抓住陈小军,哀怨地问,是你吗?

陈小军使劲抽回手,垂下眼帘惊慌不已地说,不是我,怎么会是我!

他手腕上一排淡淡的牙印,却没能躲过李小竹锐利的眼睛。

陈小军被警车带走的那一天,李小竹走出了竹林,那天的风很大,很多人看见,弱不禁风的李小竹竟站成了一株修竹。让人疑心,郑板桥画中的竹,就是以她做的风骨。

梅

入冬,腊梅山上的梅树该开花了!老伴将老沈吃力地搬上轮椅,扶正,又在老沈的老寒腿上盖了一床毯子,踌躇再三才期期艾艾地张了口说,老沈,你带我去看梅花吧,今天!

我废人一个,怎么带你去看梅花?要去,你自己去!老沈将轮椅转了个弯,背对着老伴,硬生生地砸出这么一句话。

老伴被砸得垂着眼睛,一言不发地带上门,出去了。

腊梅山上的梅花又开了吗?老沈的眼睛虚幻地穿过窗户,视线逐渐放长,一直翻越到腊梅山上。

腊梅山上的梅花果然争先恐后地怒放着,怒放得恣意汪洋的。一张青春洋溢的脸,巧笑嫣然地跃到老沈眼前。

梅花真美,沈教授,快啊,快帮我照一张相啊!小梅在俏也不争春的梅花丛中娇俏地笑着,春色无边。

十年前的老沈,还是风流倜傥的沈教授,步履矫健的他带着学生小梅走遍了腊梅山的角角落落。

梅须逊雪三分白,雪却输梅一段香!沈教授按下快门,情不自禁地吟咏起来。

好啊,沈教授,你在嘲笑我,笑我没有雪白,还是没有梅香?小梅故意噘起水润润的嘴唇,白皙的脸上好似开放了一朵娇艳欲滴的红梅花。

沈,我想在腊梅山上举行户外婚礼!从腊梅山下来后,小梅依偎着沈教授撒娇。

下一季梅花再开的时候,你就会如愿以偿了!沈教授不无爱怜地摸了一下小梅的头发。

下一季梅花再开时,却是小梅离开的时候。

沈教授终究向结发妻子提出了离婚。

梦想中腊梅山上的梅花婚礼,太浪漫了,浪漫得沈教授有了抛弃一切的勇气。

……任凭世人把我无限责难,只要你对我爱,我一切甘当……沈教授脑海中那些日子常常响起马克思送给燕妮的这首诗。

梅花却不是永远浪漫的。

至少,那朵叫作小梅的梅花不是。

离婚拉锯战中,心情烦闷的沈教授恍恍惚惚走出家门,眼睁睁地看着一辆失控的轿车,满腔激情地吻上自己的双腿,那些喷溅而出的血花,散落在白雪皑皑的马路上,凝结成一片又一片的梅花。

那些梅花,一点儿都不浪漫,很残酷,都零落成泥碾作尘了,血腥气依然如故。

残酷得十余年过去了,老沈想起那些梅花来,双腿还感觉到生疼。

沈教授苏醒时,陪伴在身边的,是含着一双泪眼的妻子。

没人带来小梅的消息,沈教授也没有开口询问。

仿佛腊梅山上的那些承诺,只是沈教授一梦醒来的幻觉。

杳如黄鹤的小梅就像沈教授的双腿一样,失去了,顽强尘封在记忆中的某个角落。

吱呀一声,门开了,一阵冷风裹着老伴走进来,打断了老沈的思绪。

视线不用放长,老沈也能知道,老伴的手里,握着几枝怒放的梅花。

有暗香袭来呢。

老伴果真独自爬到腊梅山上采梅花去了。

扔出去!似曾相识的梅花扎痛了老沈的双眼。

你从来不肯带我去腊梅山上看梅花,放在家里观赏也不行吗?老伴红着眼,依依不舍地将梅花扔了出去。

老沈冷着脸,不理老伴。

天冷了,别冻感冒了!老伴往老沈头上加了顶帽子。

老沈很少和老伴说话。

老伴心里明白着呢,老沈年轻时说过,他们之间没有共同语言。

共同语言是什么,老伴不知道。她只知道,有老沈在身边,哪怕相对无言,她的天空都是完整的。

哪怕,轮椅上老沈的腿并不完整了。

在老伴给老沈做棉衣的时候,轮椅上的老沈突然忙碌起来了。

我帮你吧! 老伴丢下手里的棉衣说。

不需要! 老沈简短地说。他坐着轮椅,抡起加长的锄头,将院子里的角角落落都翻遍了。

在老伴为老沈织毛衣时,老沈请人在院子里栽下了一些小树。

你栽的什么树? 老伴问。

别操心! 老沈依旧爱答不理的。

老伴想操心也操不了啦,一件毛衣还没有织完,老伴突然咳了血,送往医院时,老伴已经不行了。

你每年都体检,早就知道自己得了肝癌,为什么不早点治疗? 老沈急赤白脸着吼老伴。

我住院了,谁照顾你呢? 老伴气若游丝地望着老沈。

老沈哭了,说,别,我还没带你去看梅花呢!

你废人一个,怎么能带我去看梅花? 要去,你再找个老伴陪你去吧,对不起啊,老沈,我霸占了你一辈子! 老伴眼里的天空,到这会儿了居然还是完整的。

不完整的,是老沈身边,少了个给他推轮椅的人,再回家时,老沈手里多了个骨灰盒。

这年冬天,院子里的小树长大了,开出了星星点点的花苞,还没开放呢,已经暗香盈袖了。

老伴,看到了吗? 梅树长大了,就要开花了! 老沈推着轮椅,挨个查看即将盛开的花苞。

独居的这两年，老沈一直在对老伴遗像说话，比老伴活着几十年时说的话还多。

这天夜里，刮了一夜的狂风，下了一夜的骤雨。

儿女们接到邻居的电话，匆匆赶来。

老沈穿着那件老伴没有织完的毛衣，抱着老伴的骨灰，浑身湿透，安详地躺在梅树下的轮椅上。

来不及开放的梅花苞全被暴雨打落了，跟泥水和在一起，再也分不出颜色。

儿女们将骨灰盒从老沈手里掰开时，有人在老沈手心发现了一瓣已经盛开的梅花，白得像雪。

有一股奇异的暗香，在院子里弥漫开来。

喔！肯定是奶奶将梅花都采走了，爷爷陪奶奶看梅花去了！孙子稚气的声音，随着暗香荡漾开来。

青光眼

当记者以来，我采访过各种各样的人物，政坛骄子、商界精英、巾帼女杰、平民英雄……他们无一例外，拥有着跌宕起伏的精彩人生，但，没有任何一人，像眼前这位采访对象一样，让我产生如此浓厚的兴趣。

出于职业习惯，采访前我浏览了被采访人的资料，越看越匪夷所思，忍不住掩卷长叹，时无英雄，竖子成名！

此人非但是竖子，简直是人渣中的渣土机。为保护当事人的隐私,暂且称他为陈先生吧。

陈先生第一次出名,得益于一次车祸。资料显示,车祸发生后,陈先生昏迷不醒,交警赶到现场,从陈先生满是血污的手中,抠出摔破屏的手机……事后,交警判定这是一起由于边打手机边开车而引起的交通事故,事主陈先生却矢口否认,他认为是自己的青光眼严重,而造成了视觉闪烁——这里,咱们先不讨论造成车祸的原因,焦点在于,交警握在手中的手机里,正传出一个女人焦急的呼喊声,亲爱的,你怎么了,你说话啊……

手机和陈先生一样,摔破了头,但生命机理正常运转。

人命关天,交警匆匆对手机说了声,他出车祸了! 便将陈先生送到呼啸而来的120急救车上。

陈先生在手术台上紧急抢救的时候,交警又替陈先生接到了第二个电话,亲爱的,你在哪?

医院啊! 交警有点奇怪女孩的记性不太好,刚才,不是已经告诉过她了么?

交警的奇怪,很快就有了答案。叫陈先生为"亲爱的"的女孩,是两个不同的女孩。

两个不同的女孩,从不同的地方赶来,在同一个医院碰头了。

这让还是单身狗的交警,颇为嫉恨。

陈爱的是我,他说,第一眼见到我,就看到我周身充满了光环,我才是他命中注定的女神! 女孩甲说。

天啊,他也这样对我说! 女孩乙伤心不已。

陈先生苏醒后,两个女孩悲愤地问他,你究竟还有多少光环女友?

大约,二三十个吧! 陈先生略显得意,又有点惭愧地说。

陈先生一举成名了!

假如,注意,我说的是假如。假如事情只发生到这里,相信看到这则八卦的人,大多会一笑了之。

不过是一个花心男和两个纯情女的故事,谁没有上过当,受过骗呢?

然而,事情的发展出乎意料。

陈先生在一片骂声中,红了,大红了,红得发紫了!紫到连我这样的金牌记者都闻风出动了。

伤愈后,陈先生索性当起了男士们的情感顾问,借助新闻媒体发酵,他的名气一炮打响,连误接手机的小交警,也成了陈先生的忠实粉丝。

粉丝们争相效仿起陈先生的一举一动,一言一语,一颦一笑。就在上个月吧,陈先生由于太忙碌,胡子拉碴,来不及刮,也被粉丝们惊呼,纯爷们!

紧接着,全国的刮胡刀滞销。

毫无疑问,陈先生俨然是一位颇具光环的人物。

闪瞎了诸多粉丝的眼睛。

众人皆醉之下,我独醒着,我可是从业几十年的金牌记者,他根本逃不过我识人无数的火眼金睛。

你是不是得了青光眼,才看所有的女人都有光环?我的采访一向以犀利著称,话筒递到陈先生唇边瞬间,尖锐的问题接踵而至。

不止是我有青光眼,大家的青光眼更严重!陈先生耸耸肩,来了个美式幽默。

为什么这么说?我抽丝剥茧。

我告诉她们,我是一个有学识的教授暂时怀才不遇,我是一个有钱商人只是资金链偶尔中断,我是一个潜力股只是意外被套牢……陈先生嘴角浮起一丝冷嘲，这些谎话，连我都不信，她们却信了，你说，这不正是青光眼的征兆么？

事实上，你的确是个潜力股，现在不就一路飙红了？我热讽。

陈先生大度地笑了笑，说，我见你周身充满了光环，绝非久居他人檐下的山雀，怎么甘心当作记者这种辛苦的职业呢？

又是光环，当我也青光眼？我警觉地看着陈先生。

其实，做一个炙手可热的情感专家，并不是我的目标！陈先生说，我的目标是造福社会，造福人类。目前，我特制出了一种眼药水，专门治疗各种各样的青光眼，这种眼药水，能擦亮那些受骗人的眼睛……

还有这种眼药水？哄鬼去吧。

如果你帮我宣传，咱俩合作，你六我四，这是合同，陈先生向我微笑着扬起一页纸。

奇怪，明明一张白纸，竟在我眼中闪耀着七彩的光芒。

犹豫再三，我揉了揉眼睛，把手擦干净，伸了出去。

白内障

夏琪一看就是正经女人，圆脸、浓眉，大眼，透着不容侵犯的威严。搁过去，这副端端庄庄的模样儿，是被捧为旺夫相的。

只是，如今的世道，夏琪的优势，成了蝶也愁的明日黄花，真的是万事到头都是梦了。

君不见电视屏幕上，充斥着锥子脸、吊梢眼吗？就连大众审美,都被清一色的狐狸脸成功逆袭了。

夏琪怀疑,伟锋每天雷打不动地看晚间新闻,是醉翁之意不在酒。伟锋哪里是在听新闻,分明是在看女主播。

女主播便长着一副不正经的狐狸脸,嘴里在播报新闻,眼里暗送着秋波。

莫非,伟锋是在女主播身上,找小贱人的影子吗?

夏琪叭一下,把电视关了,泰山似的堵在伟峰面前。

发什么神经呢? 伟峰将目光从电视上拨回来。

夏琪将脸凑近伟峰,说,看看,我的眼睛出了什么毛病?

伟峰掰开夏琪的眼皮,仔细看了看,说,挺正常啊!

没得白内障吗?

白内障? 伟峰脸色难堪了,夏琪玩以毒攻毒呢,他的眼睛恰好得了白内障。

夏琪似笑非笑,是啊,没得白内障,当初怎么就看中了你?

毛病! 伟峰气呼呼地掰出两个字,跟着掰开两条腿,散步去了。

近两年来,夏琪骂人的花样,也跟眼角的鱼尾纹一样,层出不穷了。

不是夏琪没事找事,实在是没法控制!

去年,夏琪发现了伟峰和小贱人暗度陈仓后,胸口就灼上了一股怨气。哪怕后来,伟峰信誓旦旦,保证不再重犯,小贱人也一把鼻涕一把泪,请求原谅,可是,心口那道看不见的伤疤,总是时不时地剧痛,如同地板遇到了下雨天,动不动返潮。

夏琪从保险柜里翻出伟峰的保证书,白纸黑字地写着,如果再次出轨,将净身出户!

谅他也不敢离婚。夏琪的心情稍微平复了一点。

藏好保证书,夏琪上网,找"蓝天的蓝"网聊。

"蓝天的蓝"是夏琪没见过面的网友,他什么时候出现在夏琪QQ上的,夏琪自己都忘了,只知道,他出现得恰到好处。

当夏琪的自信心,被小贱人击得粉碎时,是"蓝天的蓝"拯救了她。夏琪将"蓝天的蓝"当成了童话里的魔镜。夏琪问魔镜,谁是天底下最美丽的女人?魔镜总是毫不犹豫地回答,是你!

女人离不开甜言蜜语的滋润,就好像花朵离不开蜜蜂蝴蝶的翩跹。

有蜜可采的花朵,才能被称为花朵。

怎么办呢?我又没忍住,将他气跑了!夏琪向"蓝天的蓝"诉苦。

你必须打碎你心里的不平衡,才能为婚姻找到平衡。

必须打碎心里的不平衡?夏琪想了想,确实这样,自己心里,一直不平衡着,"蓝天的蓝"说得对极了。

怎么打碎呢?夏琪不是明知故问,她真的是虚心求教。

他做初一,你做十五。

你是说……

还他一顶绿帽子!"蓝天的蓝"敲下一行字,又发过来一个龇牙咧嘴的笑脸。

夏琪慌忙关上了电脑,心率明显不齐,对"蓝天的蓝"的主意,一半是不齿,一半是称道。

这种报复,夏琪不是没有想过。

每个人心里,总有那么点脏事儿,只是,有些人做了,有些人不敢做。

我可是个正经女人!夏琪在自己的脸上贴着标签呢。

可是,这世道被不正经的女人占领了!另一个声音反驳。

夏琪的大脑,终于被这个反驳的声音控制了。她太想疏通那股隐而不发的怨气了。

"蓝天的蓝"和夏琪在宾馆约会时,被伟峰堵上了,很难堪。

伟峰明明在医院做白内障手术的。

为了保住自己的正经女人形象,夏琪净身出户了。

"蓝天的蓝"也消失不见了,居然。

直到有一天,夏琪在大街上,看到伟峰、小贱人和"蓝天的蓝"三人亲密地走在一块。

夏琪的眼睛猛地一黑。

好一会儿,才有了光感。

我的眼睛一定是得白内障了,才会上你们的当!夏琪冲上去嘶吼。

是你们的婚姻得白内障了!"蓝天的蓝"拉住夏琪,冷笑说,白内障要等完全长成熟了,才能完全祛除,你连这个都不知道吗?

全民微阅读系列

结膜炎

雨下得比较奢侈,在这个旱得让人心灰意冷的秋天。

白晓琳坐在玻璃墙下发呆,等不到人的时候她一贯如此,一双眼睛还张望着。

眼睛里有雾状物,是雨花?白晓琳忍不住地揉了揉眼睛,雾状物没有消失,相反,有轻微的疼痛感袭上来。

白晓琳使劲地眨巴两下眼睛,把不适感按下去,也顺便压下几欲夺目而出的眼泪。

林小川放了她的鸽子，其实是在意料之中，但心里终究是不甘。

还记得，林小川约她在"雕琢时光"喝咖啡。他俩挤坐在一个沙发上，你尝尝我的咖啡，我再尝尝你的。谁说咖啡是苦的？分明喝出了最甜的滋味！包厢外，若隐若现传来刘若英的《为爱痴狂》，白晓琳轻声和唱，想要问问你敢不敢，像我这样为爱痴狂？

敢啊！林小川毫不犹豫地回答，随后，将嘴贴上来，轻轻地在白晓琳的唇上啄。

别闹，我是认真的！白晓琳躲避着，捧住林小川的下颌，拿一双明亮的眼盯住他，回答我，敢吗？

敢，敢，敢……林小川含糊不清地回答，将白晓琳推倒在沙发上。

白晓琳勾住林小川的脖子，抬眼，看灯。灯罩透出泛黄的光芒，影影绰绰出两只交颈戏水的鸳鸯。

野鸳鸯。

白晓琳脑子里腾地蹦出这三个字。

一股道不出的羞耻感，密匝匝地从心底泛出。白晓琳用力推开林小川，说，真敢，那你就同她提离婚！

离婚？林小川的激情，像被谁按下了暂停键。

白晓琳从这一瞬间的暂停中，捕捉出了极大的犹豫，深吸一口气，再抬头看那盏鸳鸯灯，就看到那对如豆的鸟眼中，射出无尽的嘲讽了。

滚！伤心与挫败海啸般前仆后继地袭来，砸向林小川时，汇聚成一个字。

林小川果然滚了,滚得远远的。

白晓琳夹起一块方糖,扔进咖啡里。

咖啡还是那杯咖啡,沙发还是那张沙发,灯上的那对鸳鸯,依旧在,只是,灯下的人,不见了。

雕琢时光,滑天下之大稽,时光哪里经得起雕琢啊。

甜蜜方糖,跳入苦咖啡。

白晓琳皱着眉头,抿了一口苦咖啡,再一次给林小川发短信。

这次,她发的是一张照片,亲密照,和林小川的,精心雕琢了的。

在哪?林小川的电话很快打过来。

当你死了呢!白晓琳唇角浮起一丝讥笑。

快说!

老地方。

灯光柔柔的,眼睛涩涩的。

你眼睛怎么了?林小川姗姗来迟,看到白晓琳,被她的眼睛吓了一跳。

红通通的,似乎刚大哭一场。

白晓琳掏出化妆镜看了看,心想,大约是得结膜炎了。嘴上却不声张,欲语还休地看着林小川。

林小川叹一口气,愧疚地揉一揉白晓琳的眼睛。

两个人,一手交钱,一手交照片。

这就结束了么?林小川删完白晓琳手机中的照片,看向她发红的眼睛,突然不舍。

这个女人,到底是对他有感情的。

到此为止吧!白晓琳面无表情地点点头。

一段感情的结束,往往是下一段感情的开始。

要开始新的感情,就得有一双识人的慧眼,调整好心理后,白晓琳到医院看眼睛。

眼睛红肿得吓人,刺痛、流泪,似乎心里淌出的血,都涌到眼睛上去了。

刚推开医院的大门,白晓琳看到了林小川,挽着他贤惠的妻子。

是你？猝不及防的林小川,掩饰不住脸上的惊诧。

是我！白晓琳不看林小川,却冲林小川身边的女人眨了眨眼睛。

一道道血红在眼睛里面闪。

女人看看同样血红着眼睛的丈夫,又看看白晓琳。

一直在心里猜疑的谜团,突然在这两双红肿的眼睛中,找到了答案。

女人劈手给了林小川一耳光,扭头跑了。

林小川穷凶恶极地冲白晓琳瞪起眼睛。

没办法！白晓琳故作轻松地耸耸肩,人不争食,眼争食啊！

李代桃僵

李容志从药盒里掏出一颗黑乎乎的丸子,就着温热的白开水,咕咚一声,吞下肚去。

药盒里的丸子已经所剩无几了。那是妻子专门为他准备的护胃丸。

许是近些年来，老是在酒桌上谈业务的缘故，李容志业绩越滚越大，身体却越来越垮。

这一笔单子究竟能不能谈下来，就看今晚了。李容志又仔细琢磨了一遍合同上的条款，才将合同放进公文包里。

对方只要在合同上签了字，今年的业绩冠军非我李容志莫属了！

公司大厅的销售业绩排行榜上，陶路压在李容志头上好几个月了。

今晚，李容志没有像往常一样，与陶路一齐出击，而是单枪匹马，约客户会了面。

这源于上个星期，露露悄悄透露给李容志一件事。

露露说，陶路趁李容志不在时，在老板面前邀功，说上一单的大客户，全凭他一张赛诸葛的巧嘴拿下的。

他胡说！想起陶路一张尖嘴猴腮的脸，李容志就气得胃疼。

陶路拉单子，没有别的，全凭语速，哒哒哒，哒哒哒，忽悠得客户思维跟不上语速，临了，还得靠他这位老将出马，用酒与客户喝出过命的交情，最后喝出合同上有了对方的大名。

李哥，我挺你！为了谈业务，把身体都喝垮了，不像有些小人，一有机会，就把功劳往自个儿身上揽，他不就是废了一点口水吗？哪比得上李哥的汗马功劳？露露比李容志还激动，赶苍蝇似的挥舞着戴满琳琅首饰的手。

你是从哪听说这事的？李容志满脸狐疑地盯住露露。

露露脸一红，桃花般娇羞地一笑，盯着人家干嘛啊，我就是看不惯，替李哥打抱不平。

李容志心知肚明地一笑，看来，公司里的那个传言是真的。

为了回报露露，也为了露露在老板耳边帮他美言几句，李容志撤下了以往的搭档陶路,换成了露露跟自己搭档。

他要给陶路一个回马枪,让老板看看,谁才是名副其实的销售冠军。

心里头憋了一股走着瞧的劲,酒桌上,李容志喝起酒来,比以往更加卖力。交情深,一口闷,李容志闷了一杯又一杯的酒,他要让客户知道,没有人比他李容志更厚道,更真诚。

直到喝得倒下了,客户也没在合约上签字。

真是一块难啃的骨头啊。

李容志头痛欲裂,由于这一单失败的缘故,在公司碰到陶路,也绕着他走。

陶路竟也是垂头丧气,看到李容志,主动贴过来说,李哥,陪我喝一杯去,郁闷死了!

还有你赛诸葛巧嘴摆不定的事?李容志斜着眼嘲笑陶路。

自从陶路得知李容志隐瞒他私下拦截客户资料的事,昔日一对好搭档已经好久不说话了。

别提了!陶路摇摇头说,露露分析得对,大概是我獐头鼠脑,油嘴滑舌,一看就不值得信任。

露露?李容志想起来,好久没看到露露了。

你什么时候和露露打得火热?李容志有点吃惊,嘴巴里像含了一个酸李子,难道他也开始走迂回路线了?

陶路尴尬地摸摸脑袋,索性说,露露是老板身边的红人,谁不想多多表现,请她多美言几句?

你就不担心老板对你有瓜田李下的嫌疑。

你还别说,露露究竟美言了没有,我是不得而知的,我只知道老板对你和我明显冷淡了。

也是啊,哪个老板愿意看见自己的红人跟别的男人出双入对呢。

何况这两人,还互相拆台子来着,是可忍孰不可忍。

年终的销售排行榜上,露露名列前茅。

李容志和陶路的客户,不知道什么时候,悄悄地流失了,全部聚集到了露露的名下。

隔岸观火

人老了,骨头就疏松了。

老人在外面散步的时候,路滑,不小心摔了一跤。老人求救似的往周围看了一圈,路过的人都目不斜视,步履匆匆,没一个过来搀扶的意思。

我不该为社会增添负担。老人咬了咬牙,费了九牛二虎之力将自己从地上撑起来,一瘸一拐地往家里移。

到家卷起裤管一看,脚脖子肿成了大象腿,拿手指轻轻一按,刀捅了似的。

要不要到医院看看呢?这个念头刚刚冒起,就被老人从脑海中及时掐断了。

看病那么贵,挂个号都得十块,够老人省吃俭用一整天了,省下来的钱,得留给两个儿子呢!

老人骨质可以疏松,舐犊之情不会疏松。

对啊儿子,老人怔了一下,多久没见到儿子们啦?桌上的日历撕去了一大半,没一张记录着他们的归期。

脚疼得厉害,买不了菜,下不了床。只好麻烦儿子送几天饭。更主要的是找借口看一眼他们。

大儿子总是忙,偶尔电话打过去,不是上班,就是出差。这次,又在搞同学聚会。老人孩子样的委屈,耳朵紧贴着电话说,上班出差忙也就算了,怎么宁愿和同学聚会,也不跟老爹聚会呢?大儿子说,老爹,当今社会最重要的是什么您晓不晓得啊?

老人说,你真当我老糊涂?人才呗!

老爹,您还真是老糊涂,不是人才,是人脉!

人才和人脉,不就一字之差吗?社会也没有进步到彻底改头换面嘛。

不管怎样,不能拖大儿子的后腿。老人只好转身跟小儿子打电话。

小儿子说,老爹,对不住了,正准备回丈母娘家呢!老人吃醋了,你又不是招上门的女婿,丈母娘家比咱家还重要?

小儿子说,老爹你不知道的,我正在进行一场看不见硝烟的战争!姨夫盯着丈母娘家的那套价值百万的拆迁房,我怎么可以坐以待毙?

这姨夫真不是东西,敢跟我儿争房,好好打仗,别认输!老人给小儿子鼓劲加油。

老人当然知道积攒一百万的辛苦,抠门了一辈子的他,得了糖尿病也不舍得上医院医治,一年四季,为了控制血糖升高,不吃肉不吃淀粉不吃糖,过得像只食草动物,才勉勉强强存了一百万。

眼下,两个儿子都不知道这一百万的存在,人老了,心里亮堂呢!老人活了大半辈子,见过听过的事,比天上的星星还多。有人可能要较真,这话太夸张,人的一辈子也就几十年,哪里比得过天上的星星?

抬头看看现在的夜空,要找出十颗星星还真不是易事,雾霾大啊。

盯着灰蒙蒙的夜空,老人的心里也灰蒙蒙的。

挨了个把月,老人的脚脖子先是红肿,继而开始腐烂,露出烂肉,渗出黏稠的脓水。

糖尿病更严重了呢,崴了个脚,竟然没法痊愈。

干脆,上医院去看看?我还有一百万呢!老人紧盯着存单上的六个零。

不不,这些钱,是留给两个儿子的,怎么能填医院这个无底洞呢?老人又将存单仔细藏好。

别积攒人脉了,快回来,我有一百万!老人给大儿子打电话。

别巴结你丈母娘了,快回来,我有一百万!老人又给小儿子打电话。

两个儿子一会儿就回到了家里,拥有凌波微步神功似的。

老爹,您真的有一百万?怎么不早说?两个儿子围绕在老人床边,口气很殷切,不约而同地把你换成了您。

爹怎么这么老了?要不是这趟回家,走在路上碰到,不一定认得出是老爹。儿子们惭愧地想。

惭愧归惭愧,还有更重要的事要做。

老爹,单位上人人都买了车,唯独我没有车,天天上班把头夹裤裆里,怪没面子的,您就赞助我一辆呗!大儿子开门见山。

老爹,您还是先赞助我买房,我看中了一套房,花园小区,升值空间可大呢!小儿子不甘落后。

谁对我好,我就把钱给谁!老人夸张地拍了拍正在红肿流脓的腿脖子。

大儿子小儿子不看老人的脚脖子,脸红脖子粗地看着对方。

老爹,您搬到我家住吧,保证侍候得您周周到到! 大儿子表起了孝心。

大哥,嫂子那脾气,大冬天的还得拿电风扇对着她吹,哪里侍候得住老爹? 小儿子拍着胸脯说,老爹,我每年都带你出去旅游,一年换一个地方,纽约,巴黎,随便你挑!

两人你一句,我一句,一个撸起了袖子,一个抄起了锅铲。

滚,都给我滚,我没有一百万! 老人气得拍打着床沿。

两兄弟停下架势,不无震惊地问,老爹,你骗我们的?

对,我骗你们的! 老人赌气说。

我们忙得很,哪有时间同你开玩笑? 大儿子和小儿子转瞬间统一口径,风驰电掣地走了。

老人浑浊的眼睛留下泪水。这种意料之中的状况,是老人听过的故事中,微不足道的一颗流星。

钱分完了,只怕自己也成了烫手的山芋。

几个月后,大街小巷的人们议论着一起刚刚发生的惨剧。

一位老人引火自焚,烧了自家的房子,还有一百万现金。

大儿子的单位同事唏嘘说,这老人是不是有神经病?

二儿子跟丈母娘套近乎,要么他是孤寡老人,要么是他的儿女们不孝顺!

话音刚落,两个儿子的手机,惊天动地地响了起来。

无中生有

张大有是个骗子。

江湖骗子。

骗子前头，加上"江湖"两个字便拥有了几分侠气，几分不羁，连被人追赶时慌不择路的逃窜，也捎带上了几分洒脱。

能不洒脱吗？行骗也是在做一件功德无量的好事啊！

作为一名职业骗子，张大有挺不容易的，他绞尽脑汁，开发出一个又一个新骗局，为了什么呢？为了丰富受害人的人生经验，为了增加老百姓的免疫能力，毫不谦虚地说，张大有的新骗局，拯救了多少警察同志行将僵化的思维能力。

想到自己为社会为人民做出的贡献，张大有便心安理得地花起骗来的钱了。

只是，骗子这行当，越来越不好做。

信息闭塞的过去，张大有用区区一个下残棋的骗局，就能横扫几大区，现在呢？说来心酸。

花上一年半载，好不容易才琢磨出一个骗局，自以为天衣无缝，哪知道，刚在这边小试身手，那边就被传上了网络，经过病毒似的发酵，一夜之间，全国人民都晓得破局的妙招了。

新骗局才刚出炉，就被判了死刑。

张大有大半年没得手过。

改弦易辙吧，到社保局办个低保。

张大有是孤儿，一无所有，我不办低保，谁办低保？

一进入社保局大厅，张大有发现，厅里的气氛，有一种说不出的紧张。

还没靠近办事柜台，保安就拦住他，警惕地问，干什么的？

张大有吓一跳，保安鼻子这么灵，闻出他是骗子了？

我是来办低保的，不是来行骗的。张大有稳定了一下心神，实话实说，办低保的。

你办低保？保安像看骗子一样上下审视张大有，瞧你有手有脚，面色红润，哪里像要吃低保的？

有手有脚就不能吃低保了吗？你这是歧视健康人！张大有愤怒了。

职业习惯又犯了不是？混淆视听，是张大有的强项。

别闹事，快滚蛋！保安压低声音怒喊，怕被谁听到似的。

这是什么态度啊，老百姓的办事大厅，居然让老百姓滚蛋！彼消此长，张大有声音响亮起来。

你究竟是什么人？保安和工作人员们，都惊惧地看着张大有。

张大有癔症了一下，从小到大，还没有人用如此敬畏的眼神关注过他。

脑中突地一个闪念，一则新闻令他脑洞大开，纪委巡视组，近期将在本市明察暗访。

敢情，把我当成纪委暗访人员了！张大有眼珠一转，索性将计就计，不要误会，我不是纪委特派员，我是人民特派员。张大有反背着双手，训斥了保安的不礼貌。

局长被这句话点透了，皇帝下江南都不承认自己是皇帝呢，他小心翼翼跟在张大有背后，辞退了敢让"暗访人员"滚蛋的保安。

折腾得兴起的张大有突然想起，隔壁家的王独眼因为瞎了一只眼，面目可憎，找不到工作，一直赋闲在家里办假证。

救人一命，胜造七级浮屠。张大有装腔作势说，我听说，你们这有个外号叫王独眼的，命很苦……

马上办，马上办！局长心领神会的同时，长舒了一口气。

人心都是肉长的，暗访人员也不是铁石心肠啊。

局长毕恭毕敬地请张大有吃了饭，喝了酒，还塞了一个厚厚的红包。

天无绝人之路啊！

张大有索性跑到王独眼家，办理了一张假证，上面印着"人民暗访特派员"。

拿到低保的王独眼，不想再办假证了，为了答谢张大有，办理了他人生的最后一张假证。

一证在手，行骗全城，张大有拍拍王独眼的肩膀，独自上路了。

一路上，张大有好不风光。

假证一掏，上至老虎，下至苍蝇，都拿他当财神一样供着。

美味吃腻了，好酒喝多了，美女玩厌了，红包也收到手软了。

睡到夜深人静时一觉惊醒，张大有突然想起自己的本职工作，骗子，江湖骗子，一个有侠气的江湖骗子。

连王独眼都金盆洗手了，我还要行骗到何时？

骗局无边，回头是岸，张大有不想行骗了，他有了终极的人生目标。

当一名真正的"纪委暗访特派员"。

假证当成真证使，张大有实名举报了那些请他吃喝，送美女，塞红包的人。

以前的举报,现在的举报,将来的,还要举报。

吃是不拒绝的,喝是不搪塞的,美女是不推辞的,红包也是要笑纳的。

举报,更是毫不留情的。

张大有时时刻刻提醒自己的身份——人民暗访特派员。

只是,将来的,张大有想举报,也有心无力了。

张大有出了一场蹊跷的车祸。

有多蹊跷呢?这不是重点。

重点是,张大有生前注册过一个微博,名字是"人民暗访特派员"。

张大有去世那天,无数人涌到微博上去,追悼他,因为他的死,引发了无尽的猜测,震惊了网下网上。

纪委根据张大有的举报,一抓一个准,为了奖励张大有,纪委给死去的张大有,特别追加了一个证书——人民暗访特派员。

真证就是真证,拿在手里都沉手。王独眼将证件拿到张大有的墓前,烧给他。

张大有,你可是美梦成真啦!王独眼给张大有敬了一杯酒,用壮士断腕的语气说,但是,我却要重操旧业了。

王独眼退了低保,又办起了假证。

假证的生意红红火火,四面八方的人群不约而同地要求办理同一张证——人民暗访特派员。

声东击西

董大志五十五岁那年,续了个弦。

续的是个三十五岁名声不怎么好的离异女人,露露。

为啥就不续个本分女人,董大志吃前妻的亏,还不够吗?

前妻是个不本分的女人,结婚没几年,就狠心扔下儿子,丢下董大志,不管不顾跟着有钱的男人跑了。

奇耻大辱啊。

好一段时间,董大志都怕见人,不得已出次门,全副武装,帽子口罩一个都不能少,连护耳都不拉下,怕听见闲言碎语呗。

早些年,因这身怪异装束,董大志还被请到过派出所盘问,以为他是流窜犯来着,近些年,托雾霾的福,董大志可以招摇过市了。

一有喘气的功夫,董大志就开始托人相亲,对女人的要求,董大志只一条,本分即可。

本分?简单,跟在微博上造个谣一样容易!媒人给董大志介绍了一茬又一茬女人,一个赛一个本分。可谁也入不了董大志法眼。

无一例外,都有遗憾。

什么遗憾呢?董大志一直没闹明白,直到遇上露露,才恍然大悟,那些女人,太本分。

露露听了,吃吃地笑,笑得董大志心甘情愿捧上了存折,房产证,银行卡。

哪个离过婚的男人，没被女人扒掉几层皮？吃一堑长一智，防女人像防贼。唯有董大志，还保留一颗坦荡荡的真心。

露露被感动了，不再计较董大志的年龄。

咱俩搭伙过日子，对你只提一点要求。董大志认真地看着露露。

本分？露露笑。

董大志摇头，说，你但凡出门一定要穿金戴银，能买贵的，别问对错，不许替我省！

天上掉下个好男人，比掉馅饼更难得。

领证后，董大志一反常态，特别喜欢出门，雾霾再大，也不需要帽子口罩，他带露露。

露露呢，戴金项链，金耳环，金镯子，叮叮当当，交响乐一样动听，董大志的护耳呢，早丢爪哇岛了。

雾霾严重超标时，露露也想戴口罩来着，董大志眼里的雾霾，便超了标，那金首饰不就白买了？

三番五次的，露露砸摸出来了，董大志的真心里，似乎还夹杂了别的意味。

别家老头遛的是狗，是鸟，是车。

董大志呢，遛的是老婆。

露露越来越像贵妇人，董大志则越来越像乞丐。

一把老骨头的董大志，风里来雨里去挣钱，供露露挥霍。

经得起几番折腾呢？

董大志病了。

尿毒症。

要不，我把金首饰卖了，治病得花好多钱呢！念在董大志素日里对自己的大方，露露也不能无情无义。

不准卖,戴着,我还要继续给你买!董大志生怕露露卖首饰,索性把铺盖搬进了医院。

他申请到了一大笔社会补助。

大志你真厉害,这下不用当首饰了!董大志生病以来,露露第一次露出笑脸。

要过年了,去买件貂皮大衣!董大志把救助款砸到露露面前。

你疯了,这是你救命的钱呀!露露再贪财,也不会贪董大志的救命钱。

别废话,让你买就买!

病久了,董大志的脸色愈发蜡黄了。穿着貂皮的露露到医院看董大志。

医生,护士,病友们都对露露侧目而视。

行将就木的董大志,将花枝招展的露露唤到床前,抖抖索索地从枕头下摸出一个烂角的钱包。钱包里,全是一块两块的小票。

用这钱,去买个金戒指……董大志强撑着一口气说。

你哪来的钱呀?露露心安理得地接过去。

我……我早晚守在医院里,替化疗的病友们抢位置……他们就给我带几餐饭菜……就攒下这点饭菜钱………

董大志灰暗的脸上充满得意。

试问天底下病入膏肓了还能赚钱给女人花的男人,舍董大志还有谁。

董大志出殡那天,露露一滴眼泪也没流,戴上了所有的首饰,全是用董大志的钱买的。

葬礼上,董大志的儿子来了。

没有亲情,也有血缘。

董大志不喜欢儿子,儿子长得像前妻,董大志一看见他就来气,从小打他骂他。娶了露露后,宁愿把钱给露露买首饰,也不帮儿子娶媳妇。

儿子看见露露在葬礼上还这么显摆,气不打一处来。

别生气,我与你同病相怜! 露露对董大志的儿子说。

同什么病,相什么怜? 儿子百思不得不解。

露露指着耳朵上的耳环,脖子上的项链,手上的戒指,身上的貂皮,笑眯眯地说,每次你爸爸看到我身上这些物什,都会对我说同样一句话。

见董大志儿子凝神望着自己,露露说,你爸爸留下的最后一句遗言,也是这句话。

哪一句话?

你爸爸说,我对老婆这么好,她知道吗? 哀乐声中,露露居然吃吃地笑了,帮我转告一声,我过得这么好,都是托她的福。

她是哪个? 儿子被鞭炮声炸蒙了头,思维一时转不过弯来。

借尸还魂

黄梁柱追求胡丽英,追得厂里人无人不知,无人不晓。他烫一头小卷毛,留两撇八字胡,穿着花衬衣,裹着喇叭裤,手捧着玫瑰花,阴魂不散地围着胡丽英转悠,嘴里高唱着,你就像那冬天里的一把火!

唱着唱着,胡丽英就被这把火给燎原了,火冒三丈的她推开黄梁柱,从人群里拉出面黄肌瘦的寇安贵,说,黄梁柱,趁早死心吧你,我已经名花有主了。

　　啥?寇安贵?众人一片哗然,黄梁柱更是惊得玫瑰花掉在地上零落成泥碾作尘,他只听得见众人的哗然。胡丽英,你选谁,也不该选他啊!瞧他这副怂样,连牛粪都不配当!黄梁柱气急败坏了,就算他是牛粪,也是一坨风干的,没有营养的牛粪!

　　我就喜欢他,怎么着?胡丽英母鸡一样地护住寇安贵。

　　黄梁柱不死心,结结巴巴地说,他家只有三间破瓦屋,你知道不?

　　知道。

　　他家还有吃喝拉撒躺在床上的老母亲,知道不?

　　知道。

　　他为了省下理发的钱,三个月理一次头发,知道不?

　　知道。

　　他买不起衣服,三百六十五天都穿工作服,瞧瞧,这身工作服都洗烂了,知道不?

　　我眼睛没瞎呢,自己看得见!胡丽英叉着腰,瞪起眼睛反问,你送玫瑰花给我,他送紫菜花,知道不?

　　不知道。

　　你来找我,借别人的自行车炫耀;他来找我,赤脚跑几十里路,知道不?

　　好小子,不声不响来这一招啊!众人都大笑着起哄,寇安贵更拘谨了,拘谨中分明又透露出小得意。

　　黄梁柱挺直腰杆,高声说,不知道,都不知道,那又怎么样?

　　胡丽英鄙夷地看了一眼黄梁柱的花衬衣,挽住寇安贵的胳膊,说,跟着油嘴滑舌的人住铁屋都失火,跟老实巴交的人住破瓦屋心里也亮堂。

貌不惊人,三棍子打不出一个屁的寇安贵,吃到了天鹅肉,成了厂里的一大新闻。黄梁柱当众掉了大面子,引以为傲的卷发、花衬衣、喇叭裤,成了他的耻辱,他索性离开工厂这个伤心地,跑到深圳淘金去了。

不务正业的混子,好好的铁饭碗,说丢就丢了!工人们一边倒地支持起胡丽英,在那个年月,有一份铁饭碗,是多么引以为傲的事情啊。艰苦朴素的寇安贵,是工人阶级的代表,而新潮高调的黄梁柱,是资本主义的典型。

时间一晃再一晃,人声鼎沸的工厂冷清了,接着改制了,最后解体了。

两鬓早生华发的胡丽英,也与时俱进,同寇安贵闹起了离婚。

离什么婚啊?楼房盖起来了,女儿长大了,再过几年,就该抱孙子了!寇安贵觉得胡丽英无理取闹。寇安贵胖了,虚胖,早不见了当年精瘦干练的影子。

胡丽英炮筒子性格不减当年,冷笑一声说,楼房是盖起来了,但怎么盖起来的?我还不清楚?

你清楚?你倒是说说。寇安贵搬个小板凳,同老伴评理。

抠门抠出来的呗!结婚这么些年,你帮我买了几件新衣裳?人家的老婆金项链、金戒指带得哐当哐当响,你连个红头绳都没帮我扯过。

你倒是说说,谁的老婆?

黄梁柱的!

咦,后悔了,当年你就别嫁我,嫁他呀!

我瞎了眼呗!话说到这里,就没必要再逞口舌之利,锅碗瓢盆全上了阵,噼里啪啦,好一顿夫妻混打。

日子过得不舒心,寇安贵爱上了遛鸟,以避开与胡丽英的磕磕碰碰。这天遛鸟时,碰到了当年工厂的老同事。两人絮絮叨叨地聊起了年轻时候,虽说好汉不提当年勇,可寇安贵一辈子就那点能够挂得上嘴的精彩往事,又怎能绕得过去。

偏偏,老同事这次艳羡的却不是寇安贵了,知道吗,黄梁柱那混子,在外面混大发了。听说最近他买了套别墅,回家养老来了。

托社会主义的福,谁家的日子现在过得不好?寇安贵打了个哈哈,心里不以为然着,纵有广厦万间,不过夜宿一床。

女儿找对象了吗?老同事转移了话题。

正谈着呢!寇安贵心不在焉。

老同事关切地问,人咋样?房子有吗?车有吗?

寇安贵脸上现出得意神色,说,人嘛,跟我一个样,房子车子嘛,会有的。

老同事十分郑重地补上一句,家里负担可不能有!

负担?什么负担?

老人啊,尤其是卧床不起的老人,这个一定不能有!

生老病死,人之常情啊,你怎么跟当年黄梁柱一个德行?寇安贵十分陌生看着老同事。

一个德行怎么了?你想你女儿到时跟你家胡丽英一样……老同事还在喋喋不休,寇安贵已经拂袖而去。

广场上,华灯初起。远远地,寇安贵看见了女儿,她怎么挣脱了男友的手,向一辆宝马轿车跑去?

轿车前站着一个新潮男人,捧着一大束玫瑰花,脚下是排列成心形的蜡烛,已经点燃。男人向女儿单膝下跪的场景,太似曾相识了。

望着女儿两腮被幸福燃烧的红霞,在满街的繁华喧嚣中,寇安贵忽然落了泪。

趁火打劫

一进入腊月,爆竹声就隔三岔五地响起来了。东边燃一束烟花,西边炸几声鞭炮。有时,好端端地行走在大街上,脚下突地一声脆响,直叫人吓得心惊胆战。四周一搜寻,不知哪家调皮的孩子,手里举着一支冒烟的焚香哈哈大笑,衣兜里胀鼓鼓的,塞满了零碎的小鞭炮。

这时候,即使心里再生气,脸上也是要堆笑的,因为,春节就要到了嘛!打老祖宗那儿,一辈一辈地传下规矩:腊月里,不能与人生气,不说不吉利的字眼,要不然,接下来的一年里,会触霉头的!于是,天大的怨气都被粉饰起来,到处张灯结彩,喜气洋洋,一片祥和。

王五在一片祥和中,领到了一年的薪水,还有老板发的红包。王五在大城市里,帮别人盖房子,成天灰头土脸,头发也懒得理。年关了,放假了,红包拿着了,正好去理发店剪个头,粉饰得人模狗样回乡去。

剪完了头,王五站在镜子前一照,大城市的理发师真是名不虚传,一套洗剪吹下来,王五立马精神百倍了。

人是英雄钱是胆,王五满意极了,掏出五十元付账,前台的收银小妹咧嘴一笑,直摆手。

找不开？王五连忙身上身下搜零钱。

收银小妹又将手掌前后翻了几下，口齿清晰地说，五百！

五百？你别欺负我不懂行，平时明明只收五元！王五几乎跳了起来，像是被小孩子恶作剧扔的鞭炮吓到了似的。

我看您真是不懂行，一进入腊月，洗剪吹的价格都是翻几番的！收银小妹挺理直气壮，臭鸡蛋也是鸡蛋，潜规则也是规则，得遵守，是不是？

打劫啊！王五气鼓鼓地走出理发店，捏一捏红包，起码薄了一半。

花钱消灾，花钱消灾！王五安慰着自己，登上了返城的火车。

下了火车站，王五思前想后，伸手招了一辆的士。

买不起私家车，也得租一辆回家啊！

一年到头，顺顺溜溜，挣钱不挣钱，混的不就是一个脸面？

王五指挥着的士司机，老远就开始按响喇叭，嘀嘀叭叭地一路驶到村子口。

不用找了！在乡亲们羡慕的目光里，王五掏出五十块钱。

下车前，王五特地看了下计价表，四十八元。

司机连连摆手。

王五一看，心惊了半截，司机摆手的手势，和理发店的收银小妹一模一样的。

五百？王五小心翼翼地问。

司机点了一下头。

这点的哪是头啊，分明是鞭炮稔子啊，王五的脾气被点炸了。

打劫啊！你这计价表不显示四十八吗？

计价表是四十八不假，你工资表呢，我就不信腊月了，你老板只发薪水，不发红包！司机挺委屈地说，我从早到晚颠簸一天，你不该给我发点红包？

王五一咬牙，把剩下的红包全扔到了副驾驶座位上。

外头的亲戚都盯着呢！罢了，只当老板发的红包是捡的。

红包丢了，薪水得一定保住。

王五一坐上桌子，就拼命地喝酒，转眼，把自己喝得大醉，连给小辈们发压岁钱的惯例，都视而不见，置之不理了。

哪能一而再，再而三地被春节打劫呢？这本账，王五虽然醉了，心里清醒着！

一回到家，王五的酒就醒了。

今年收多少压岁钱？王五心急地翻女儿的衣兜。

钱是我的！女儿使劲按住衣兜不放。

给爸爸，爸爸帮你存起来！王五嘴里耐着性子，手却不肯耐着性子，伸向女儿的口袋。

才不呢，钱一到爸爸手里，就成了打狗的肉包子。女儿人小鬼大，知道春节里，大人是不能随便打骂小孩的，使出全身力气保护自己口袋里的红包。

正拉扯得热火朝天，轰的一声，女儿的衣兜一声脆响，炸出了一大摊鞭炮碎屑和钱币的边角。

由于摩擦得太厉害，衣兜里塞满的零碎鞭炮自燃了。

王五和女儿都吓呆了，定睛一看，万幸只是钱被炸缺了角，人还完整着。

叫你跟我抢！王五理直气壮地给了女儿一巴掌，顺理成章把女儿的红包给挖了出来。

大年三十的夜里，小姑娘哭得伤心极了。

一年到头，就挣这么点压岁钱，还被大人们抢了去。

当外面零碎的鞭炮声连成一片的时候，小姑娘终于忍不住了,她打开窗户,朝着鞭炮响起的地方大声喊,打劫啦,打劫啦!

零点的鞭炮正响得惊天动地,谁会听见小姑娘的呼喊呢?

以逸待劳

读书那会儿,老师们都说,胖子是很有些聪明的,如果努力学习,是能考上个好大学的。

只是,聪明的胖子把努力的航标搞错了,脑子成天努力地琢磨偷懒的法子。

比方说,为了在上课的时候打盹,胖子曾经拜猫头鹰为师,努力学习睁着眼睛睡觉。

当然,胖子失败了,不然,他也不会被教语文的曾老师拎住耳朵,从睡梦中疼醒了。

我站在讲台上讲得口干舌燥,你坐在下面倒睡得安逸! 曾老师拽着胖子的耳朵,把胖子扔到操场上罚站。

太阳火辣辣的,晒得操场上的树叶都不敢动弹,胖子更是虚汗直冒,嘴舌发干,似乎要晕倒了。

请注意,是似乎要晕倒,没有真的晕倒。

前面说过,胖子是很有些聪明的,就在这"似乎晕倒"的感受产生的一刹那,胖子心生一计,就势像一摊肉似的,倒在了操场上。

胖子再不争气,也是父母的心头肉,得知胖子因为一个小小的错误被体罚晕倒,胖子父母先是心疼,后是盛怒,最后,干脆将学校和曾老师告到了教育局。

这件事被好事的学生发帖到了本地论坛上，还上了网络头条，引起了五花八门的争议——论老师的道德素质问题。

曾老师的素质一下子被网民们责骂到了谷底，就算有一些不和谐的声音，也被滔天的巨浪淹没了。在舆论强压之下，曾老师被学校责令停职三个月，自查反省。

我反省？哈哈，我反省一辈子也省不出来问题！曾老师也是个犟老头，夹着讲义，自查出一身之乎者也的书生意气，炒了自己鱿鱼。

临走时，曾老师特地把胖子叫出来，进行话别，曾老师多想再次狠狠拎住胖子的肥耳朵，三百六十五度旋上一圈，可是，看看四周如临大敌的老师和学生，曾老师攥紧拳头，恨铁不成钢地摇摇头，小子，别以为我不知道你在装，你是体育场上长跑一千米的冠军，哪是十分钟的太阳能把你晒趴下的？

人，可以睁着眼睛睡觉，但不可以睁着眼睛说瞎话。

胖子朝曾老师做了个鬼脸，伸出食指和中指，做了个"V"的手势，意思说，那又怎么的，我完胜。

完败的曾老师不无深意地看了胖子一眼，走了。

奇怪，他怎么不沮丧呢？

目送着曾老师的背影，胖子居然想到了曾老师在课堂上教过的文章《荆轲》——风萧萧兮易水寒，壮士一去兮不复返……

学校里，胖子被老师们管束的日子，从此一去不复返了。

胖子的大名，每位老师都烂熟于心，他们仿佛达成了统一协议，不约而同地对胖子的懒散睁一只眼闭一只眼。

猫头鹰的本领不是独家授权胖子使用的。

从前，胖子的聪明总是用在怎么逃课，怎么跟老师作对上；现在，胖子的聪明没有了用武之地。

胖子开始用一些极端的行为，来吸引老师们的关注，偷同学的文具，揪女生的辫子，与高年级的同学打架……

哪怕，被罚到操场上去晒晒太阳也好啊！

起码证明，胖子在老师眼里不是透明的。

可老师们对胖子礼待有加是透明的，有的甚至让出自己的办公室，请胖子上课时，在办公室吹空调。

他们都在替曾老师报仇，公报私仇呢！胖子越想，越觉得是这么回事。

一群道貌岸然的老夫子！胖子年轻气盛，在父母打骂和哀求声中退学了。

收拾好书包，路过操场时，太阳正大，晃得眼睛都睁不开来，满地都是明晃晃的金子。

怎么就有了风萧萧兮易水寒，壮士一去兮不复返的肃杀呢。

胖子突然想到了曾老师，想到了那个被罚站的炙热的操场。

曾老师，他现在不知道躲在哪个地方安逸呢？

胖子直挺挺地倒了下去，这一回，不是装的。

借刀杀人

小乔收到了一张红通通的结婚请柬。

打开一看，居然是小娆。

意料之外的邀请呢！

请柬上的小娆笑靥如花，一脸的春风得意。

一晃眼，小乔差点把请柬上的人错看成自己。

小乔和小娆长得有几分相似，审美喜好也差不多，小乔喜欢蝴蝶结，小娆就喜欢蕾丝边。两人大学同班那会儿，有同学打趣说，以后别争着抢男朋友哟。

怎么会呢？谁有那么好的福气？小乔和小娆异口同声地否认。

不怕一万，只怕万一哟！同学神叨叨地说。

如果有万一，我会让给小乔的！小娆比小乔大几个月，拿出当姐姐的风度。

女孩子嘛，做起事儿，总是口是心非的。

自从遇到了校园诗人王小路，小娆和小乔就暗中较起劲来。

王小路戴一副黑框眼镜，一眼看上去，像是徐志摩从诗里走出来了。

今天小娆送王小路围巾，明天小乔约王小路看电影。

小乔心里，总是有点不服气的，小娆凭什么同她争？小娆双眼皮是割的，与小乔的天生丽质相比，那可是八千里路云和月的距离。

一次狭路相逢，决定了小乔的胜利。那天小乔小鸟依人地挽着王小路，故意在特定的时间，走到特定的小路，遇上特定的小娆，笑容里都快溢出蜜糖来。

从那天起，小娆和小乔的距离，就真正地隔了八千里路云和月了。

多年过去，小乔与王小路分分合合，终于修成正果，小娆突如其来的一张请柬，揭开了尘封的往事。

小娆真的想云淡风轻，一张请柬泯恩怨么？

未必。

照片上的小娆一脸幸福,在小乔眼里颇有意味,她好像在笑问,谁才是笑到最后的人呢?

当然还是我!小乔争强好胜,从紧张的家庭预算里,替王小路里里外外置办了一身新衣,还帮他刮干净了胡子。

摊上什么大事了?王小路都受宠若惊了。

直到小乔挽着王小路,赴约到婚礼现场,王小路才明白,小乔要把他磨成一把刀,用来挫杀小娆的锐气。

不过,小乔失策了。

小娆身边的新郎,很显然是把机关枪,把王小路比得无处遁形。

小乔见识了小娆婚礼的豪华,听说了彩礼的丰厚,参观了奢华的新居,回家后,白眼球都充上血了。

明天,你就到眼镜店,换个最贵的镀金眼镜!小乔一伸手,把王小路的黑框眼镜折断了。

这副眼镜都戴了好些年了,那会儿你还夸我有文艺范呢!王小路心疼地捧着眼镜的残肢断腿。

文艺范?酸腐气吧,跟上形式吧,镀金的才更有档次。

小乔砸锅卖铁,也要跟上小娆的档次。

凭什么呀?小乔想不通,割过双眼皮的整容女,凭什么比我生活得好?

迫不得已的王小路被小乔逼得从杂志社辞了职,下海经商。

小乔的心愿是,一定要买幢大房子,与小娆家的相比,只许大,不许小。

心愿实现那天,一定要寄张恭贺新房的请柬给小娆,还要笑得比小娆更甜更美。

全民微阅读系列

承诺是用来背叛的,心愿是遥不可及的。

王小路做学问如鱼得水,做生意却是扶不起的阿斗,把面积不大的小房子都亏了个干净。

相反,小娆却过得春风得意,时不时地拿零花钱接济一下小乔。

小乔你真是我的贵人啊,要不是你,我就遇不到我的多金老公呢!小娆笑得花枝乱颤。

也多亏了你啊,王小路说我虚荣贪婪不忠诚,要同我离婚了!小乔努力保持语气平静。

你们要离婚了?小娆故作惊讶地睁大眼睛,那会儿,我顾念闺密友情,可是甘愿谦让,成全了你们这一对金童玉女呢。

小乔一脸似笑非的表情,掏出手机,调出一对男女的亲密照片,说,小娆姐姐,不如,你再谦让一回吧!

小娆接过手机,定睛一看,小乔依偎在一个男人身边,望着小娆笑得一脸灿烂,一晃眼,小娆差点把手机里的女人错看成了自己呢!

围魏救赵

肖力是大学的校草,长得高大威猛,英俊帅气——这么庸俗的语言,似乎配不上肖力的出众,还是换个法子说吧——假如肖力在篮球场上打篮球,一百个女生有九十九个都在为肖力呐喊。

还有一个呢,咆哮着,退学了。

咆哮退学的女生,是富业集团老总的千金,蒋小诺。

小诺撕了学籍,自己给自己放了假,躺在偌大的公主床上,不吃不喝,一双曾经流光溢彩的眼睛死鱼般地盯着天花板上的吊灯。

吊灯幻化为肖力阳光下的笑脸,流光溢彩。哦,肖力,小诺黑眼珠毫无生气地转动了一下,羞愤、尴尬、挫败,化成一股股泪水,争先恐后地从眼眶中冒出来。

小诺从小要风得风,要雨得雨。她随手指一下天上的星星,她那有钱的老爸就马上安排人做个像模像样的黄金山寨版天幕,悬挂在她触手可及的地方。她想要学钢琴,老爸便掏出手机,指使人务必千方百计联系到郎朗。可是,她想要肖力做她的男朋友,肖力却客客气气地说,弱水三千,我只取一瓢饮!

只取一瓢饮! 小诺一头雾水,弱水是个什么东西?

唉,就是我已经有了女朋友! 在胸大无脑的小诺面前,肖力文艺不起来了。

瞧瞧,这就是肖力,哪怕是拒绝小诺,也拒绝得这么与众不同。

小诺回想起那尴尬的一幕,眼泪又憋不住地往下淌。

淌完眼泪,咆哮声冲向老爸。

不就是个男人吗? 我令人依照他的样子,做个一比一的真人版蜡像,搁你身边不就行了? 土豪老爸被轰炸得晕头转向,想着法子逗小诺笑。

钱不是万能的! 小诺哭丧着脸冲老爸吼。

没有钱是万万不能的。老爸经历过的"爱情",比小诺流过的眼泪还多。

见多识广的老爸出了门,就是财大气粗的蒋总。

蒋总揣着一份合同书，与肖力约在本市最豪华的咖啡馆面谈。

相信乳臭未干的肖力见到这份合同书，会做出正确选择的。

自信于心沉着于形的蒋总走进咖啡厅，第一眼没看到肖力，肖力身边笑语晏晏的姑娘，小艾，吸引住了他。

蒋总马上知道，自己犯了先入为主的错误。

别说肖力弱水三千，只取小艾一瓢饮，只怕是顺治皇上再生，也会再次不爱江山爱美人。

蒋总不是皇上，他是腰缠万贯的土豪，既爱金钱也爱美人。

没有文化的蒋总偏将鲁迅先生的一句话记得牢：在上海生活，穿时髦衣服的比土气的便宜。然而更便宜的是时髦的女人。

扫了一眼时髦的小艾，蒋总迅速地在心里估了个成本价。

两年后，肖力成了富业篮球俱乐部的主力队员，小艾成了蒋总金屋中的阿娇。

两年中的有一天，小诺与肖力在那家最豪华的咖啡厅约会，碰到了蒋总和小艾。

穿戴时尚前卫的小艾让小诺冷不丁想起了爸爸的座右铭，穿时髦衣服的比土气的便宜。然而更便宜的是时髦的女人。

心里琢磨着这句话，小诺嘴里不小心就溜了出来。

你说得没错！肖力别着脸，咬牙切齿地说。

蒋总搂住黯然神伤的小艾，大模大样地从肖力和小诺面前走过去，不动声色地想：怀中的这个女人真便宜，一份廉价合同就搞定了。

银行的保险柜里，锁着蒋老板的两份合同，加起来不如他最先草拟的那份合同昂贵。

一份是和肖力签的，蒋老板称为明合同。

明合同上写着,富业集团旗下的富业篮球俱乐部,将在两年内,把肖力打造成全国最抢手的篮球明星,期间肖力必须隐藏自己的感情生活,否则,俱乐部有权随时解约。

明合同上面,肖力的签名龙飞舞凤,雄心万丈。

另一份是与小艾签的,蒋老板称之为暗合同。

暗合同上写着,小艾放弃肖力,并自愿藏娇两年,不出现在肖力视线内。

暗合同启动当日,明合同随之生效。

暗合同上面,小艾的笔迹是怎样的,肖力看不见。

当然看不见,笔迹都被泪水模糊了。

肖力眼下能看见的,是面前咖啡杯中荡漾着的小诺的笑,满当当的,一不小心就会溢出来的模样,很清晰。

瞒天过海

钱包愈来愈鼓,白小勇的腰杆儿越来越粗,那张下巴后缩的蛤蟆嘴,自然是愈发地贱了。这不,晓柳沐完浴,倒垂着一头滴水的长发,刚走进卧室拿吹风机,白小勇的嘴,便抢在吹风前面嗡嗡起来。

喂,大晚上的,吓什么人啦? 瞧你这披头散发的,一走进来,我都分不清哪是后面,哪里前面了。

晓柳咂摸出话中的意思,气急败坏,"名言"就又蹦出来了,我平胸,我自豪,我为国家省布料! T台上的模特,哪个不是平胸？我这叫走在时尚前沿,懂不?

时尚白小勇不懂,却懂身体的蠢蠢欲动。年轻时的晓柳,苗条,纤细,颇有些"隔户杨柳弱袅袅"的韵味,然而,经了几年烟熏火燎,柴米油盐的婚姻生活,那曾经奉为至宝的韵味,便藏了一日三餐的油烟,夹了哺乳期的奶腥,裹了小孩的尿骚,令白小勇不胜唏嘘之余几欲闻风而逃了。

其实,也没那么平了,较过去还丰满了些,不信,你摸摸?晓柳见白小勇嗤之以鼻,便放弃了嘴上的自豪,厚着脸皮,贴上来,将白小勇的手放在自己胸前。

白小勇故意大力捏了一把,晓柳微不可闻地呻吟一声。

要不要这么夸张?演 A 片啊!白小勇不无嫌弃地缩回手,脸冷了下来。

晓柳残留的自尊,便如水银泻地,四崩五裂了,怎么捡也捡不起来。

同样是女人,差别咋这么大呢?白小勇脑子里,飞速地拾捡着和西西在一起的片断。

西西的脸,长得什么样儿,白小勇有点模糊了。西西的胸,偏偏在他记忆中鲜活着。有一次,白小勇和晓柳难得在一块儿看电视,里面正播放着"今麦郎"方便面广告:皇上吃了都说好,面要弹的才够意思!白小勇憋不住一顿猛笑,他想起了西西的胸。

笑什么呢?晓柳有点不明所以。

这胸,不,这面,弹弹的,真好!白小勇揶揄着,一答。

晓柳不动声色。

将冰箱里塞满了今麦郎方便面,一天一包,吃得白小勇好一段时间都不敢拿平胸说事。

晓柳就是这么缺心眼,但也说不出别的什么不好。西西吧,露水情缘,偶尔消遣一下可以。

消遣多了,费用会增加,风险也同步增长。

费用白小勇可以一笑置之,面对风险,白小勇就不能闲庭信步了。

西西的胸破了,闹到白小勇家里,鸡犬不宁。

胸怎么会破? 晓柳问。

假胸,里面的硅胶流了一身。

她想要什么?

要求到韩国,重新做隆胸手术,再给一大笔赔偿。

我陪她到韩国,你给她钱。晓柳处变不惊。

你,居然不怪我? 白小勇抬起头,重新认识晓柳似的。

晓柳摇摇头,脸上是圣母般的光洁。

白小勇想抱住晓柳,又惭愧,只好捂住脸,他突然有了在亵渎神灵的感觉,哪怕是看一眼晓柳都不敢。

晚上,白小勇鼓起勇气同晓柳温存一番,还是老婆的平胸好哇,天然,真实,更重要的是,捏不破。

晓柳的胸,似乎变丰满了那么一点点。

人家这是二次发育吗,生活条件好了,你买了那么多补品我吃,忘了?

也是!

男人都有第二青春期的,白小勇的嘴巴是江山易改本性难移,老天爷还真的眷顾我,去了一个弹弹的,还我一个弹弹的。

晓柳和西西,一块到了韩国,带上了白小勇信用卡。

西西提前一步回的国,修补一个破掉的胸,在韩国,不是多么大的事。

白小勇问西西,晓柳呢。

晓柳说难得出一次国，得好好玩玩。

这一玩，居然又是近一个月，白小勇期间找西西，西西手机换了号码。

晓柳到底回来了，在那个卡上的钱呈透支状态时。

小别胜新婚，白小勇再次抚摸上晓柳的胸，感觉真的胜过了当初，甚至还有了挺拔的迹象。

经了西西的事，白小勇与晓柳的夫妻感情同样坚挺了不少。

背着白小勇，西西跟晓柳见了一次面，西西就要嫁人了。

西西说，谢谢姐姐，没姐姐的大气度，我生活肯定是一塌糊涂！

晓柳摇着头说，姐姐也谢谢你！

谢反了吧？西西跟晓柳分手后，还盯着手里晓柳塞的红包发愣。

一点也没谢反，晓柳回到家，对着镜子看自己乳房，那里有一道淡淡的疤痕，已经看不出来了。

感谢西西的胸破了，不然晓柳的婚姻一定也不攻自破，她那会儿刚查出乳房里长了肿瘤，韩国之行，陪西西修补破胸只是一个冠冕堂皇的借口，正好掩饰晓柳先做肿瘤切割再悄然做无疤痕丰胸的手术。

你以为，就你白小勇会玩瞒天过海的把戏啊！晓柳对着镜子里的自己，笑，笑得泪水溅满了镜面。

越 位

一个无意的举动，就能改变人的一生。

十九岁的郑晓新，并不能理解这句话的含义，直到，好运真的砸到了他身上。

那会儿的郑晓新，青涩、胆小，平时见到了领导，就像耗子见到了猫，躲都来不及的。

不过，事情总有例外的时候。

一天，郑晓新骑着自行车，在街上遛达，迎面看到领导背着手走过来，紧张得不行，眼一扫，路边有一条小巷子，本想立刻拐个弯躲了，可脚下一滑，自行车链条掉了。

不得已，郑晓新只好无可奈何地下车，站在原地，待领导走近了，恭恭敬敬地鞠了个躬，说，领导好！

领导温和地朝他点点头，给了一个微笑。

没过多久，命运之神也向郑晓新启开了微笑，他居然从车间调到了办公室，那可是多少人挤破脑袋，都难以挤开的大门啊！

领导一句话，就决定了郑晓新的转运。

领导说，这个小伙子，懂规矩，不越位，有前途！

这句认可，犹如盘古开天地的巨斧，劈开了郑晓新混沌无知的职场生涯。

原来，不越位，也是登高的云梯啊！

从此，无意就变成了有意。

经过几年的煎熬,郑晓新熬成了领导跟前的红人,媒人踏破了他家的门槛。

郑晓新挑剔得很,漂亮的不要,家境好的不要,高挑的不要,令人大跌眼镜的是他竟挑了一个普普通通的,甚至有些丑陋的姑娘当老婆。

郑晓新故意带着丑老婆,在领导的必经之路上转悠,他知道,每天傍晚,领导是要和老婆一块散步的。

功夫不负有心人,丑姑娘终于见到了领导和他的老婆。

好像我的妹妹哟! 领导老婆牵着丑姑娘的手,拉起了家常。

领导打量了一眼丑姑娘,脸上露出了一丝笑容。

能不笑吗? 瞧,郑晓新的女朋友和领导老婆站在一块,看上去一个半斤,一个八两,但仔细一观察,还是有些许差别的。

郑晓新的女朋友,个头比领导老婆矮三分;容貌也稍逊了一点,就连老家,也在领导老婆老家下面的一个乡镇。

好,很好! 领导满意地拍拍郑晓新的肩膀。

郑晓新的仕途,由此扶摇直上。领导上调到省里时,提拔郑晓新当了局长,接替了自己的位置。

一个无意的举动,就能改变人的一生! 不管开大会小会,郑晓新都苦口婆心,向一群年轻人传授自己的成功经验。

郑晓新更是将懂规矩、不越位,作为衡量一个人是否优秀的标准。

偏偏单位新分配来了一个"90后",不买郑晓新的账。

"90后"陪着郑晓新去开会,郑晓新拿着笔,在笔记本上唰唰地写,"90后"呢,提着台手提电脑,在键盘上啪啪地打。

你这叫越位,知道吗? 郑晓新挺生气。

局长,我越的不是位,是思维! "90后"也挺不服气。

"90后"找的女朋友,也比郑晓新当年的女朋友漂亮,公司年会时,所有人的眼光,都绕着"90后"女朋友的脸蛋转。

郑晓新的脸一下子白了,没过多久,就寻了个借口,炒了"90后"的鱿鱼。

一辈子没越过位的郑晓新,怎么能允许下属越自己的位呢?

过了几年,调到省里的老领导犯了事,牵涉到郑晓新,省纪委派了一位年轻人,来调查取证。

瘫坐在沙发上的郑晓新看着站在自己面前的年轻人,似曾相识。

对不起了,郑局长,我又越位了! 年轻人掏出电脑,微微一笑说。

碰　瓷

随着瓷器的一声脆响溅开,孙静雅目瞪口呆地傻立在大街上。

没想到碰瓷这种事儿,居然活生生地发生在孙静雅身上,孙静雅本身就是一个精致的瓷人儿啊。

怎么经得起碰?

孙静雅以前只在书本上读到过有关碰瓷的故事。据说,碰瓷起源于一些没落的八旗子弟,他们经常怀揣易碎的瓷器,在路上故意与人撞个满怀,以讹得赔偿维持奢华的生活。

很显然,眼下撞到孙静雅的,不是八旗子弟,而是一个无赖,一摊躺在地上耀武扬威的瓷片儿就是最好的证明,尤为叫人啼笑皆非的是,孙静雅还真是格格身份。

跟八旗子弟具有渊源的。

你得赔钱,摔碎了我的古董! 陌生男人死死地攥住孙静雅的胳膊,眼光牢牢盯着她胳膊上的小坤包。

小姑娘,你走路怎么这么不小心啊? 看清楚再走嘛! 围观人摇头劝她,把皮包给他吧,舍财免灾!

路人的七嘴八舌,让孙静雅心里七上八下。

骗子,托儿,我要报警,报警! 惊慌失措之下孙静雅只好靠声音给自己壮胆了。

挣扎中,小坤包里的东西散落了一地,钞票,手机,化妆品,钥匙,工作证……

一哄而上的人群孙静雅还没数清人数,哗啦又一哄而散了。该抢的都抢跑了,孙静雅蹲在地上,欲哭无泪。

虽然是青天白日,太阳火辣辣地挂在天上,孙静雅还是觉得冷,浑身发抖的那种冷,掉入冰窟的那种冷。

孙静雅今天一定是撞邪了,鬼使神差地走上一条从来没有走过的小路。回家后,要立刻翻翻皇历,看看上面是不是写着不宜出行。

美女,你是掉了东西还是丢了魂啊! 一个男中音在身边骤然响起,孙静雅又是一惊。

男人逆光站立,面带关切递给孙静雅掉落在地上的小坤包。泪光中,孙静雅只觉得男人相貌一团模糊。

你不会也是碰瓷的吧? 一朝被蛇咬的孙静雅这会儿草木皆兵了。

你真聪明,男人笑着戏谑说,不过我可不舍得碰你这样精致的瓷美人。

这样暗含赞美的笑声让孙静雅有了莫名的心安,擦干眼泪,眼帘里现出男人一张英俊的脸。

你是三和公司的出纳?哦,大公司呢!男人把拾到的工作证还给孙静雅时夸张地叫了一声。

孙静雅警惕地望了周围一眼,生怕还有危险潜伏着。

瞧你那杯弓蛇影的样?吓成那样,我送你回去吧!男人自告奋勇,要当护花使者。

孙静雅略略放下心来。

作为一个小美女,被男人搭讪的事儿不像碰瓷那么简单,她不是没有遇到过。

这一带,很乱的!我租住在这附近,太清楚了,这里不光有碰瓷的,还有摆残棋的!男人善意地提醒。

摆残棋的?

就是摆一道残棋,不论你要红棋子还是白棋子,怎么走都是个死!

孙静雅冷不丁地打了个冷战,这些骗局,对习惯了宅居在家的她来说,都太陌生了。

但是男人对孙静雅不再陌生了,他成了孙静雅的男朋友。

依偎在男朋友的温暖怀抱里,孙静雅再回忆起那场心有余悸的碰瓷,也不觉得完全是件坏事儿。

舍财不仅能够免灾,还能够带来桃花运呢,现实版的塞翁失马。

你那天,为什么想起来和我搭讪?孙静雅和男友夜半轻声私语。

梨花带雨我见犹怜啊!男友调侃说。

孙静雅喜欢这样的答复，机智而不失幽默。

你那么好的条件，真能喜欢上我？男友幸福的语气中流露出惴惴不安，皇帝的女儿不愁嫁，三和公司的出纳孙静雅可是实打实的格格身份。

见义勇为的护花使者，人品能坏到哪里去？孙静雅对自己的眼光特别自信。

怕只怕，你的父母瞧不上我，认为我配不上你！男友欲言又止。

孙静雅张了张口，这个问题，她委实也不敢担保。

男友的模样的确长得英俊，可惜，家庭条件是差了点，老家在外地不说，至今在本地身无立锥之地。

要不，你到我家当上门女婿？孙静雅试探地问。

当驸马我当然愿意啊！男友眼里有光芒闪烁。

真的？孙静雅欣喜若狂。

男友语气吞吞吐吐的，可，可我不想被别人骂，说我是吃软饭的！

为了不让别人骂男友是吃软饭的，为了男友能扬眉吐气，孙静雅决定铤而走险，支持男友去做大生意。

到底是格格血统，年轻胆大的孙静雅挪用了 100 万公款。她慎重地把钱递到男友手上，说，你一定要争气，一定啊，把软饭吃硬！

保证努力挣钱，风风光光给你当驸马！男友深情地拥抱着孙静雅。

一赚到钱，就要立马还给我啊，公司保不准哪天会查账！孙静雅叮嘱了又叮嘱。

傻格格，我的人品你还不相信么？男友深情款款地望着孙静雅。

一直到出事那天，孙静雅还是不肯怀疑男友的人品。

要查账了，要查账了！孙静雅一遍一遍地给男友发短信，打电话。

随着孙静雅短信和电话的狂轰滥炸，男友烟消云散了。

手机屏幕静悄悄的，孙静雅只好冲到男友的出租房去找他。

一踏到那条小巷子，孙静雅立刻感到了一种熟悉不过的冷迎面袭来。浑身发抖的那种冷，掉入冰窟的那种冷。

孙静雅这次把眼睛瞪得大大的，生怕再次碰到碰瓷的人。

谢天谢地，孙静雅一路平安地到达了男友的家中。

掏出钥匙打开门，孙静雅连哭都哭不出来了。

偌大的房屋中央，摆着一件瓷器，瓷器下，压着一张纸条。

纸条上写着：静雅，对不起，我做生意亏了，这是我家的古董，你拿去抵债吧！

孙静雅狠狠地拎起所谓的古董，想要砸碎在地上。

突然，她脑子里灵光一闪，手臂软了下来。

上回碰瓷，损失了她少数钱财；这回碰瓷，砸碎的是她什么呢？

孙静雅眼前出现了一盘偌大的残棋。

怎么走都是个死！男友的话冷冰冰地回响起来。

配　方

春梅，接电话！

简短的五个字，从隔壁公用电话亭的老板娘嘴里一吆喝出来，春梅就知道祥军又来电话了。

祥军是春梅的老公，去北京打工没多久。身在异地他乡的祥军一个人特别容易孤单，隔三岔五给春梅打电话，成了他一日三餐之后的一顿偏餐。

为了照顾年幼的女儿，春梅独自留守在乡下，鸡脖子伸成了鹅脖子，盼着祥军打回来的电话，等着祥军寄回来的钱。春梅虽然足不出户，却知道好多发生在北京的事情。祥军在电话中，鱼吐泡泡似的把他眼里的北京人和发生在身边的北京事讲给春梅听，北京的胡同比乡下的曲折，北京的楼房比乡下的现代，北京的票子也比乡下的好挣。

电话中，祥军顿了顿，吞吞吐吐又说，北京的女人比乡下的舍得！她们往脸上抹个香香，就有好多弯弯道道。先往脸上拍爽肤水，三遍；再将眼睛周围擦上眼霜，十八圈；还要涂上乳液……一共有十几道程序呢！

巴掌大的脸，能涂出多少弯弯道道？难道比男人的花花肠子还弯弯道道？春梅握在手里长长的电话线，被祥军隔三岔五从嘴里冒出的北京女人也绕成了弯弯道道。

头发长见识短的傻婆娘，只晓得吃醋！我把女人护肤这点事儿摸得这么仔细,还不是为了你!祥军乐呵呵地解释。

为了我?春梅大惑不解。

为了你也能用得起爽肤水,抹起脸来,像北京女人一样舍得!祥军还说,他打算改行,进军到卖护肤品的行业。

知彼知己,他这是熟悉业务呢。

祥军说到做到,几个月后,他除了寄回足额的生活费,还专门寄回了一瓶爽肤水。

皮肤喝饱了爽肤水,春梅的脸嫩滑得像剥了壳的鸡蛋。

老公,爽肤水真管用,里面含着什么配方啊?春梅喜滋滋地再接到祥军电话时发问。

自从三聚氰胺、苏丹红等毒配方事件曝光后,春梅无论用什么东西,都要看看是什么配方。

配方吗……祥军故意慢条斯理的,这个……

他那边一这个,吓得这边的春梅心里一咯噔,手里的爽肤水差点掉在地上。

快说,你要死啊,什么配方都不知道给我用。

配方我怎么会不知道,是……祥军玩了个抛物线定理,落到地上那个字很轻,砸到春梅耳朵里很重——是爱!

用爱做配方的爽肤水一瓶接一瓶地地从遥远的北京寄过来。春梅用的爽肤水,一年比一年高级。从摆在超市里的平价爽肤水,一直用到搁在大商场里的名牌爽肤水。

脸蛋爽滑的春梅心情也爽滑了,老公,你忙吗?春梅给祥军打手机。

隔壁的公用电话亭早就拆了,手机已经普及千家万户,春梅自然不甘人后。

如今,春梅和祥军想爱一下,方便极了。

老公，女儿期末考试的成绩单发了，双百分！春梅开心地报喜，母鸡生蛋一样，咯咯哒咯咯哒的。

女儿没让祥军操一点儿心，全靠春梅一人辅导。

哦，春梅，我正在公司开会，打算扩大规模，进军到奢侈护肤品行业！祥军的声音中，透露些许疲惫。

好吧，那不打扰你了！春梅善解人意地挂断手机。

春梅还有好多话没来得及问祥军呢。

这次寄回来的爽肤水，里面含着什么配方？虽然祥军说是专卖店的高档货，可是，春梅的一张脸，变得黄黄的，像泡了茶水的茶叶蛋。

是爽肤水的质量一年不如一年，还是岁月不饶人，让我变成了黄脸婆？

春梅更加勤快地往脸上拍爽肤水。电话里祥军的声音越来越年轻，年轻得都有点不谙世事了，一不问春梅好，二不问孩子成绩了。

转眼，女儿初中快毕业了，先是逆反，后是早恋，把春梅忙得焦头烂额。

春梅多想和祥军商量商量呀，可是，春梅的手机，安静得像冬天结了薄冰的湖面，不肯发出一点声响。

祥军的护肤品事业越做越大，他已经拿下了著名品牌爽肤水的北京区域总代理，忙得再也没有时间给春梅打电话。

连听春梅的电话，都成了一种奢侈。

春梅好多次都想告诉祥军，他现在代理的奢侈品爽肤水，配方一点儿也不好。她用了几次，一张脸全过敏了，像是用色素泡出来的人造蛋。

还不如代理超市里的平价爽肤水呢！

为了女儿，为了问清爽肤水里是什么配方，春梅坐火车到北京，坐了一天一夜。

回来的时候，又坐了一天一夜。

妈妈，你怎么这么快就回来了？女儿问。

春梅不说话。尽管她有满肚子的话。

面对墙壁发了几天的呆，春梅想了想，仔细清理了一箱包裹，给远在北京的祥军打包寄了过去。

开门签收包裹的是一个洋气的女人，一开口，正宗的北京腔调。

女人拖着沉甸甸的包裹进屋，又用剪刀拆开，一惊一乍地说，哟，祥军，快来看，好多爽肤水！

穿着睡衣的祥军从里屋走出来，随手抄起其中一瓶爽肤水。这才发现，包裹里面装的全是爽肤水空瓶子。

手里的这个瓶子，祥军很熟悉，是超市最平价的爽肤水包装。

平价爽肤水瓶上，贴着一张标签：配方，爱。

祥军怔了怔，又拿起一个空瓶子。这个瓶子的包装，祥军也不陌生，是他曾经卖过的大商场的中档爽肤水品牌。

中档爽肤水上，也贴着一张标签：配方，忽视。

正在这时，站在旁边翻着瓶子的女人突然惨呼一声，迅速扔掉她手里的爽肤水瓶子。

瓶子咕咚咕咚地滚到墙角，漏出的液体，将木地板蚀出了大大小小的洞。

祥军慌乱地捧住女人受伤的手，余光落在墙角的瓶子上。

这个该死的瓶子，是祥军刚刚代理的奢侈爽肤水包装瓶。

上面，醒目的贴了一个标签，红艳艳的字眼，似乎是咬破了手指用血写的：配方，恨！

出 位

黑金刚常有令人费解之举,这个,街头巷尾的电线杆都知道,原因很简单,四岁那年,跟狗一样,黑金刚给上幼儿园路上每个电线杆下都留下了记号。而且,是站着撒的尿,要知道,黑金刚是个女孩啊,那会儿都上幼儿园大班了。

搁现在流行的说法,叫搏出位。

黑金刚这一搏事小,女汉子的名声就如影随形了。

同时如影随形的,是她的小玩伴崔班花。

最让崔班花津津乐道的,莫过于黑金刚的"记号门"。"记号门"事件迄今为止,已经间隔了二十多个年头,经过崔班花不遗余力的文学描述,一传十,十传百之下,但凡认识黑金刚的人,都能讲得活灵活现,绘声绘色,仿佛那会儿都在现场,亲眼见证黑金刚的出位之举一般。

"记号门"的关键词很多,任何一个索引,都能让黑金刚成为以出位为话题的中心,诸如狗、诸如电线杆、诸如厕所、诸如比赛……很多可以延展的字眼。以至于后来,只要提起其中某一个词语,就能让大伙儿笑得乐不可支,不但可以意会而且能够言传。

讲到这儿,只要是联想力稍微丰富一点的人,就大约知道怎么回事了,再稍微做一点润色,黑金刚惊世骇俗的行为,就温故而知新就更上层楼了。

最精彩的版本,是崔班花的原创。

讲"记号门"之前，崔班花必须得隆重登场。崔班花是黑金刚的好朋友，不管是相亲，聚会还是上厕所，崔班花都喜欢带着黑金刚。认识崔班花的人，不可能不认识黑金刚。

崔班花的这种厚爱，让黑金刚受宠若惊，更多的是自豪。班花身边的守护神呢，相当于菩萨胯下的坐骑，少不得让一帮凡夫俗子青眼相看。敢得罪黑金刚？那是自寻死路。黑金刚只消说一句，那哥们的不靠谱，真的，一句就行了。保证那哥们再也见不着崔班花的面——笑话，连黑金刚都不入心的人，崔班花还能入得上眼么？

好了，言归正传。男孩们被崔班花的美貌折服之后，也不会吝啬对黑金刚的诧异。俗话说物以类聚人以群分，崔班花能和黑金刚聚在一块，相当于南极的企鹅和北极的大熊结成了好伙伴，论模样论智商论性情，都八竿子打不到一块嘛。

天差地别着呢。

这个时候，崔班花鹅脖子一伸，贝齿一现，开始为黑金刚鸣不平了。

哎哟，你们不要瞧不起黑金刚啦，人家黑金刚四五岁时，就会灵活运用按图索骥这个成语了。

怎么讲？只要崔班花提起了讲话的兴致，男孩们便立马识相地跟上，捧呀逗呀，无师自通，个个很专业。

呵呵，崔班花就掩住鼻子春风拂柳似的笑——不论她将这个故事重复过多少遍，讲前还是会忍不住呵呵地笑，闹气氛是必要的。

崔班花说，狗翘着后腿，在电线杆底下小便，是为了什么？

这还用问，做记号啊！众男孩抢答。

黑金刚翻翻白眼珠子，很不齿地说，撒尿就撒尿，还小什么便？矫情！

好吧，不矫情，黑金刚，她啊，脱下裤子，学着那只狗翘着右腿撒……撒那啥呢！讲到这里，崔班花便笑得上气不接下气，语不成句了，那个尿字，还是有点难以出口。

一众男孩期待的目光都转向黑金刚。

黑金刚，你告诉他们啊，你干吗做出这么出位的举动呢？崔班花捅捅黑金刚，是该亮底牌的时候了。

不就是怕上学迷路嘛！黑金刚爽快地解密。若遇到气氛格外好时，她还会翘起右腿，为在座的人亲自示范一下，真正做到了惟妙惟肖。

黑金刚的表演越是出位，崔班花的笑声，越是高调。

仅仅在小圈子里高调，崔班花是不满足的，她还想高调到红地毯上去。

超级女声落幕了，电视台又掀起了海选模特的浪潮。

崔班花五官俊俏，身材高挑，是当模特的不二人选。

海选模特这件大事，更少不了黑金刚的陪衬。

我恐怕不行吧！学猫走几步路我倒是会，不过模特在台前的那个亮相动作我可不会！黑金刚撒野的底气足，矫情的底气不够。

这有什么难的，拿出你的招牌动作呗！崔班花见四处无人，做了个小狗撒尿的姿势。

这也行？黑金刚瞪圆双眼。

保证能行！崔班花笑出满满的自信。

海选模特，是十人一组。崔班花和黑金刚同时报的名，理所当然地被分配到了一个组。

十个美女，不，严格说是九个美女们站在一块，崔班花美得就没有那么明显了。黑金刚跻身在美女中间，反而显得，尤其明显。

模特音乐一响，黑金刚就大大咧咧地迈出去，走到评委席前，裙子一掀，大腿一撩，露出了红色的底裤。

评委们惊呆了，还想继续看有没点实质性的内容，黑金刚两腿一并，昂首阔步地走了。

海选结果出来了，黑金刚凭着小狗撒尿的招牌动作，一举成为冠军，并与全国最著名的内衣公司签到约，成为炙手可热的内衣模特。

崔班花的落选，毫无悬念，她的美，没半点特色，评委都审美疲劳了。

黑金刚没有时间陪落选的崔班花玩了，她太忙了。除了小狗撒尿的招牌动作，她还要绞尽脑汁地琢磨更多更出位的台步。

崔班花从此再也不讲"记号门"的故事了。

因为这位出得一点都不好笑。

冒 险

林小雅当窗理完云鬓，一丝不苟地，又对镜贴上花黄，精雕细琢的。整整折腾了半个多钟头，最后才挑出一条泛着淡黄色光泽的珍珠项链，戴在锁骨处。

珍珠项链是黄新奇送的，黄新奇最喜欢林小雅的锁骨，精致性感，只有这样的锁骨才配得上这样的珍珠，这是黄新奇的原话。

黄新奇说这话时，不知道有没想过，自己知天命的年纪配不配得上林小雅的豆蔻年华。

去年,林小雅和黄新奇到海南"出差",林小雅一眼相中了这条珍珠项链。时隔一年,林小雅在黄新奇老婆的脖子上,也发现了一条,同样的款式,同样的颜色,价格不言而喻,也是同等的。

黄新奇,你这个满嘴喷粪的家伙!你不是说已经向她提出离婚了吗,你不是说她那锁骨就配挂一串钥匙吗?

林小雅哭完了,闹完了,擦干眼泪,决定冒一次险。

黄新奇不敢挑明两人的关系,她去挑明,反正要撕破脸的最终。

千万别冒险!黄新奇吓得脑门冒汗,如果你敢登堂入室,她就敢往你脸上泼硫酸!

我为你冒的险还少吗?多冒一次又怎样!无论黄新奇怎么说,都阻止不了林小雅背水一战的决心。

林小雅在黄新奇的公司工作了好多年。她不仅将黄新奇的行程安排得井井有条,还冒险应聘到过其他竞争对手的公司,为黄新奇摸到许多商业机密。

说句不夸张的话,那是拿命在工作。

黄新奇多次感激涕零地对林小雅说,小雅,我离不开你,你是我事业上最最得力的助手。

不管林小雅表现得多么最最得力,黄新奇都没向老婆提出离婚。

林小雅不能再等,再等下去,黄花菜凉没凉她不知道,但她晓得,黄脸婆的时光就在不远处冲自己招手了。

就算她愿等,眼角那条若隐若现的鱼尾纹已经在不无善意地提醒她等不起了。

走到黄新奇家门口,林小雅摸摸脖子上的珍珠项链,深吸一口气,毅然决然地敲响他家大门。

是黄新奇开的门。

你一定要这样做吗?黄新奇气急败坏地看着林小雅。

林小雅不理,一个侧身就挤进了门。

屋里没人。

她呢?林小雅东张西望问。

回答林小雅的,是黄新奇咕咚一下颓然地跪在林小雅面前的沉闷声响。

咱俩再冒一次险,好吗?就一次,你也知道你离不开我,我是你事业上最最得力的助手啊!林小雅心一软,跪在黄新奇面前安慰黄新奇。

可是,我也真的离不开她,她是我生活中最最得力的贤内助……黄新奇嗫嚅着嘴巴艰难地说。

林小雅惊讶地看着黄新奇,太出乎意料了。

认识这么多年,黄新奇从来没这样评价过自己的老婆。

他经常挂在嘴上的话是,老婆没文化,老婆疑心大,黄脸婆整天苦着脸逼得他喘不过来气,林小雅才是他的氧气机。

她到医院去照顾我妈了。黄新奇咽了咽口水,不无愧疚地说,我妈中风三年了,瘫痪在床上,是她辞了职,一把屎一把尿地照顾我妈,我才能腾出精力做企业……黄新奇的十指插进头发里,在并不丰饶的头发中纠结着。

中风三年?林小雅瞪着黄新奇从地上弹跳起来,脑海中画面还没形成呢,门开处,黄新奇老婆拎着一提尿不湿回来了。

空气似乎凝固了。

黄新奇老婆扫视着林小雅。

林小雅也打量黄新奇老婆。

无声的对峙中,黄新奇依然跪在地上,一动也不动。

黄新奇老婆的目光停留在林小雅脖子上,像被针扎了一下跳开了。

客人都进屋了,你还坐在这里干吗?快去倒茶!黄新奇老婆怒喝一声,将尿不湿往地上一扔。

黄新奇站起身,木偶一样地朝厨房走去。

黄新奇老婆把手在身上擦一擦,再擦一擦,似乎要擦去满手的骚臭味,对林小雅发着牢骚,老太太今天又拉了五六次,尿不湿都供应不上了,嫁给黄新奇真是倒霉,要是有哪个女人看中他,我打包寄走,还免邮资!

林小雅的手不自觉地往后一缩,好像真有一个包裹抵达自己面前。

对了,你是来干吗的?黄新奇老婆嗅嗅手指,伸出来,想要跟林小雅握手的模样。

林小雅往后退了两步,摸了摸珍珠项链,又摊开十指,看着葱白般珠圆玉润的一双保养极佳的手。

让这样的一双肤如凝脂的玉手,跟屎尿打上三年交道,那将要冒多么大的风险啊?

不行!林小雅触电一般要把一双手藏到背后。

偏偏这当儿,黄新奇踮着脚尖,小心翼翼地端上来一杯茶。

林小雅接茶杯的手明显抖了一下,象征性抿了一口,茶水苦涩极了。

泪水就是这种味道。

林小雅仰起头,一口气饮尽杯子里的茶水,放下杯子,牵开嘴角勉强笑一笑,说,不好意思啊,打扰你们了,我是来向黄总辞职的,怕黄总不批,才以这种冒险的方式。

冒险的方式？黄新奇和老婆对望一眼。

在两人疑惑不解的目光中，林小雅轻轻取下锁骨上的项链，谢谢黄总的赏识，这项链是黄总送的，我自认，佩戴不起。

乖，早点睡

生活中充满了许多必然，更多的是偶然。无数个无法预测的偶然，构建成了不可撼动的必然，人们便称之为宿命了。

舒馨不是相信宿命的人，林灵一个电话让她嗅出了冥冥中的天意。

林灵哭泣着说，馨姐，他死了。

他，谁？谁死了？

舒馨一时醒不过神来，电话来得太突兀。

我丈夫，宁峰，他死了！林灵这次表达得尚算清晰。

宁峰？死了？舒馨脑子里轰的一声响，似一颗地雷被引爆，脑海中一个人影被炸得血肉模糊。

怎么可能?!

确实不可能。

就在昨晚，宁峰还与她耳鬓厮磨，他用温暖的，带着奇异香气的身体裹住她，在她耳边，一遍又一遍地复述，馨，我爱你，我爱你，馨……

最后他的吻细致地停留在舒馨左脚的大拇指上，说，缓步金莲移小小，持杯玉笋露纤纤，馨，你的脚真漂亮，只有水晶鞋，才配得上你的脚,我明个儿,就帮你买双来!

舒馨淘气地将脚一缩,真以为她是灰姑娘?

她想要的,何止是一双水晶鞋?

宁峰懂的,她最渴望的,是一双婚姻之鞋。

宁峰保证,一定会与林灵离婚,娶了舒馨。前提是,给他点时间。

舒馨不单想给他点时间,还想给他点空间,毕竟舒馨与林灵是最要好的闺密,舒馨不想背着挖闺密墙角的名义结婚。离婚的事,唯有从长计议。

用无数次看似偶然的争吵,换来一个必然的离婚,最好! 舒馨授予宁峰锦囊妙计。

乖,早点睡! 明早,我就帮你去买鞋! 这是宁峰留给她的最后一句话。

天亮说晚安,生活真的可以戏剧化。明早,竟成了永别。

宁峰躺在血泊里,手里还拎着那双水晶鞋,车轮从他的身体上碾了过去,从此,他的唇,再不会衔着舒馨的脚,对舒馨说那些温柔的情话。

舒馨呆呆地傻站在那儿,看着林灵抱着宁峰的尸体,号啕大哭,至此她才知道,她连拥抱宁峰最后一次的权利都没有。

宁峰化做一道青烟远去,留下了一双鞋,水晶鞋。

林灵将水晶鞋放在枕边,夜夜与水晶鞋同眠,她对舒馨说,馨姐,这是他留给我的最后礼物。

不,这是留给我的最后礼物! 舒馨在心里拼命呐喊,以画外音的形式。

丈夫去世以后,林灵憔悴得脱了相。舒馨打起精神,日夜守护在林灵身边。

林灵哭,她也哭,哭得比林灵还伤心。执手相看泪眼的两个人,好闺密呢。

有闺密如此,妇复何求?林灵逐渐开怀起来,乖,早点睡!临睡前,林灵冲舒馨眨眨眼睛。

舒馨心头一震。

林灵的这个表情,与宁峰的表情是多么的相似。

人们都说,夫妻相处久了,就会有夫妻相,舒馨居然在林灵身上,看到了宁峰的影子。

她有些嫉妒林灵了。

林灵不仅拥有了大笔赔偿款、遗产、孩子,至关重要的,是还拥有宁峰的表情。

而舒馨呢,死前宁峰让她见不得光,死后为她留下的一双水晶鞋,还躺在林灵的枕边。

灵妹,你已经拥有了宁峰给你的婚姻之鞋,这双水晶鞋,就送给我吧!何况,这双鞋,本来就属于我。

舒馨抚摸着那双鞋难以释怀。

趁着林灵熟睡时,舒馨离开了,同她一起离开的,还有那双水晶鞋。

灵妹,我母亲摔伤了,这几天你太悲痛,一直没对你说。我要离开了,回老家照顾母亲,那双水晶鞋,就当作你送给我的礼物吧!乖,没有我和宁峰的日子,你要早点睡!

舒馨留给林灵的,只有一张纸条,还有,永远不会说出口的秘密。

水晶鞋回到了舒馨手中,但是,她从来不曾穿过它。

不是她不想穿,而是,她穿不上。

也许,水晶鞋永远只属于灰姑娘,做姐姐的,即便偷来水晶鞋,也无法削足适履。

徒留下一双鞋,还穿不了,莫非不是上天对她的嘲弄?

舒馨将水晶鞋束之高阁,不再去触碰它。

某天,当水晶鞋盒已蒙上一层灰时,舒馨的老母亲爬上梯子,她想将女儿视为珍宝的水晶鞋拿下来,擦拭干净。

不知道是偶然,还是必然,老母亲从梯子上跌落下来。

水晶鞋从鞋盒中蹦跶出来,砸在老母亲的太阳穴上。

听到动静,舒馨扑到老母亲身边,将水晶鞋一脚踢得远远的。

妈妈,妈妈! 舒馨号哭着。

乖,记得早点睡!

老母亲挣扎着睁开眼睛,虚弱地冲舒馨眨了眨,再也没有合上。

余　毒

你别跟着我! 虎子不耐烦地冲奶奶吼。

奶奶真讨厌,虎子走到哪,奶奶就寸步不离地跟到哪,尾巴似的,甩也甩不掉。别的小伙伴摔倒了,都自个儿爬起来,拍拍膝盖上的灰尘,一溜烟地继续跑。虎子摔倒了,爬的念头刚蹿出脑门,奶奶就踮着小碎步冲上来了,乖乖,我的小乖乖,摔伤了没有啊?

虎子人没摔伤,心摔伤了,他连拍膝盖上灰尘的体验都没有过。

有这样一个护犊心切的奶奶,父母双亡的虎子怎么也当不成孩子王。

乖乖,我的小乖乖!小伙伴们一看到虎子,就学着奶奶的口气,挤眉弄眼地嘲笑。

虎子一生气,就去找蜈蚣踩。他知道奶奶最怕什么,奶奶是菩萨心肠,活脱脱《西游记》里那个唐僧的再版。虎子把一条蜈蚣镶在地上,变成一动不动的百足虫。

他要让蜈蚣也没机会拍打膝盖。

别杀生哟,杀生会遭报应的!奶奶果然屁颠颠地跟过来,为死去的蜈蚣盖上土,喃喃祈祷它早日投胎。

一回头,虎子一溜烟地跑远了。

奶奶以跟自己年龄极不相称的敏捷身手,跟在虎子身后追,从踮着小脚追,到拄着拐杖追,再扶着墙角追,再也追不上了,虎子都十六岁了,成了孩子王,刺儿头,没人敢招惹他家墙头上长的一根狗尾巴草,也没人敢抓一把他墙根下长的一汪狗尿苔。

奶奶人追不上了,声音还追着,从她扶着的墙角拐过弯来,苍蝇似的嗡嗡叫。

乖乖,别杀生哟,杀生会遭报应的!小兄弟们见虎子拿着手电筒赶来,争相学着奶奶的口气戏弄他。

报应?怕报应我饿死了!虎子脖子一梗,打开手电筒,和小兄弟们一块找蜈蚣。

物价一年一年地飞涨,蜈蚣也跟着一节一节地值钱。小时候的蜈蚣一文不值,如今竟能卖到五元一条。虎子上餐馆喝酒的钱,喝酒出来抽烟的钱,都指着卖蜈蚣呢!夜里找蜈蚣最好,手电一照一个准,运气好的话,一晚上能抓上百条呢,没收获时他会匀上别人的鸡啊鸭啊什么的,虎子把偷叫匀,就这一条人就知道他是多难缠的人。

虎子今晚抓蜈蚣,有点心不在焉,大半夜过去,也没逮住几条。

傍晚临出门时,奶奶的声音又颤巍巍地靠着墙角追出门外,乖乖,你又要去抓蜈蚣吗?

不要叫我乖乖! 虎子很生气,胳膊上的肱二头肌都凸得那么明显了,奶奶还当他是小孩子。

别杀生哟,杀生会遭报应的! 奶奶依靠在墙角伸出手来。

不要跟着我! 虎子对着墙角恶狠狠地跺了一脚,那里有他家专属的狗尿苔。

奶奶就噤了声,狗尿苔也是有生命的,虎子这一脚跺下去,跟杀生没有区别。

甩开奶奶的声音,虎子在拐弯时,眼角余光往后扫了一眼。

他只扫见一头发白的头发,顺在墙角慢慢往下滑,当自己是壁虎啊。

虎子走老远了,还在笑,笑着笑着心里突然莫名地疼了起来。

哎哟! 那疼居然还延伸到身上。

原来刚才只顾胡思乱想,翻石头时没留神,虎子被一只红爪子大蜈蚣咬到了大拇指。

红爪子蜈蚣毒性大,十指连心啊,虎子捧着手,疼得说不出话来。

虎子被蜈蚣咬时,奶奶在医院里去世了。

奶奶到底不是壁虎,虎子那一脚,把一块突出的砖头跺掉了,砸在奶奶头上,奶奶一疼,手上就没了力气,歪倒在墙角。

虎子太浑,没人敢上去扶奶奶一把,都怕虎子嘴巴一放毒,把事歪在自己头上,奶奶就那么嘴里只有出气没了进气。

难怪虎子一晚上都心神不宁,原来奶奶的魂还追着他呢。

奶奶死后，虎子再也不逮蜈蚣了。

咬伤虎子的红爪子蜈蚣，也不知道是什么品种，毒性不是一般的大，办完了奶奶的丧事，虎子的伤口严重发炎，大拇指截掉了一半。

奶奶去世好久了，虎子大拇指的伤口也愈合了，伤口处还是经常疼，一疼，就全身痉挛。

这天，虎子走在路上，看到路边有一位老人躺在地上，瘦弱的身板，发白的头发。

奶奶！

虎子眼眶一热，飞快地冲上去，一把将老人扶起来。

角落处突然冲过来几个人，一架印着"市电视台"的摄像机闪着红灯，对着虎子猛拍，话筒也送到虎子嘴边。

你好，我们是本市电视台的工作人员，在街上随机做一个"扶不扶"的小采访。在过去的二十分钟里，有三十余人路过，你是第一个扶起老人的，请问你为什么要扶老人？难道你不怕老奶奶家人讹你吗？

美女记者一迭声地发问，声音激动得打战，像刚生出一个蛋的小母鸡。

虎子抬起残缺的右手，难为情地挡住脸，结结巴巴地说，不为啥就是余，余毒。

余毒？美女记者反应极为灵敏，对着镜头慷慨激昂地说，我们终于找到了一个活雷锋，用自己行动无声地来清扫被"彭宇案"波及的余毒。

彭宇是一名主动扶老人的小伙子，反过来却被老人讹了，新闻一报道，老人瘫倒在路边也没人扶了。

彭宇案的余毒关我什么事？虎子对着摄像机发愣。他只知道,上次他没扶起一个老人,他的指头疼了整整半个月,那半个月,他天天梦见奶奶。

环形坑

林蕊和周蕾年龄相仿,个头相似,连好看程度也差不多。都足以跟双胞胎相提并论了。

认识她俩的人都说,林蕊和周蕾两个,真要找点区别的话,也只是红玫瑰与白玫瑰的区别。

红玫瑰和白玫瑰当然懂得惺惺相惜的,林蕊和周蕾的关系,也理所当然地特别要好。要好到什么程度呢?她俩除了内衣不会互相换,什么秘密都能共享。

不过,在林蕊心里,总觉得她与周蕾之间的好,掺入了一些细碎的小沙子。这些小沙子,不提也罢,完全是小数点后面的数字——忽略不计的。

不计不等于不存在,犹如脚上的脚气,手上的灰指甲,嘴里的小蛀牙,虽不会影响整体美感,但总会在某些特定场合,冷不丁地跳出来,让好心情变坏。

比如某次聚会——至于什么原因聚会,林蕊已经忘记了,眼下有由头可以聚会,没有由头也能聚会,她只记得,有一大堆朋友围在一起聊天,聊着聊着,周蕾就突然凑上前来,盯着林蕊的眼睛大声说,哟,你学会贴假睫毛啦?贴得真漂亮!

周蕾这一开诚布公吧,林蕊眨起眼睛来就不自在了,总觉得别人都盯着她的假睫毛在琢磨，鲁迅先生《阿 Q 正传》有句话大家都耳熟能详，辫子而至于假，就是没了做人的资格。

这的确是一件比沙子还细碎的小事不是？为周蕾一句区区的实话，为两块钱一对的假睫毛，林蕊至于开除周蕾做闺密的资格么？不至于！

类似这样的不舒畅，其实还有更多，真要林蕊一一列举，林蕊也列不出个所以然来。为鸡毛蒜皮的小事计较，倒显出了林蕊的小肚鸡肠。

沙子掉进蛤蚌体内，会磨成珍珠，而类似的沙子磨入友谊里，便磨出了些许间隙。那些不能言说的小间隙在林蕊心里慢慢磨砺，放大，就形成了月球表面上的环形坑，大家都知道，月球上是没有温度的。

这样一来，感情温度下降的林蕊再看周蕾脸颊上的那对小酒窝，也觉得像两个环形坑了。

偏偏，周蕾体会不出林蕊内心的这些小变化，她还是一如既往地依恋着林蕊，时不时地告诉林蕊一些小秘密。比如，有个男生对她表白啦，有个女生又嫉妒她啦，甚至还哭着告诉林蕊，爸爸背着妈妈找小三啦。

也许周蕾只是情商太低，心底还是很善良的！面对闺密之间这份来之不易的信任，林蕊不得不安慰自己，是自己太过于小心眼。有段时间，林蕊都不得不一日三省吾身后才好意思面对周蕾。

直到有一天，林蕊终于确定周蕾是在故意坑她，用那些细微的小手段和小言语，润物细无声地坑她。

那是在林蕊的相亲宴上。为了让闺密替自己把关，林蕊像以往一样，带着周蕾一同前往。

相亲宴上,对面坐的男孩让林蕊眼睛一亮。男孩高大,清爽,还彬彬有礼,与林蕊心中的白马王子形象完全相符,如同《登徒子好色赋》里描绘的邻家女子,增之一分则太高,减之一分则太矮,施粉则太白,施朱则太赤。

林蕊虽不是一笑倾人城,却也是万绿丛中一点红!显然,男孩对林蕊也很满意,还由衷地落到实处夸奖了一句,林蕊,你的皮肤真好!

夸人夸到细节上,那是发自内心的欣赏。坐在一旁默不作声的周蕾,就是在这个时候手舞足蹈着插进来的。

真的呢,林蕊,你的皮肤啥时候变得这么白?快说,你换了什么粉底?

林蕊脸上当时就换了粉底,由白变黑了。等林蕊回家照镜子时,才发现脸上被摸了一道暗色的印子。那是擦好的粉底被周蕾抹掉了,露出了本来的肤色。

后来,男孩托媒人传来话,他相上林蕊的好友,周蕾了。

那道被周蕾摸过的暗色印记,似乎就变成一个环形坑留在林蕊脸上,无论她擦多少遍粉底都遮掩不去。

林蕊和周蕾的关系,也由此泾渭分明了。

不过,只泾渭分明了三个月。

周蕾又哭哭啼啼地来找林蕊。

那男孩是个花花公子,交往了三个月,就把周蕾甩了。

林蕊,咱们犯不着为那样的贱男,破坏咱们十年的友谊对不对?周蕾拉着林蕊的手,哭得梨花带雨,泪水停留在那对小酒窝里,就是荡漾不出来。

对,十年磨一贱!林蕊大气地拥过周蕾安慰。

我们还是好闺密吗?周蕾抬起泪眼蒙眬的眼睛。

当然！林蕊说，你上次不是问我粉底的牌子吗？瞧见没，我还特意为你留着一盒。

谢谢你，林蕊！周蕾拥住林蕊再度喜极而泣。

林蕊笑出一对迷人的酒窝，很深，环形坑一样，没有温度。

两个月前，林蕊去整形医院做了一对比周蕾更漂亮的酒窝。她告诉周蕾，那是她在家里，坚持用筷子按出来的。

除了这个秘密，还有一个更深的秘密，林蕊会告诉周蕾么？

半个月前，林蕊悄悄给甩掉周蕾的男孩发了个匿名短信，说周蕾的胸是隆过的，还为前男友人流过两次。

末了，林蕊还在短信里加了一句不无关切的话语，小心她坑你哟！

AA 制

周蕾不耐烦地看着手表，林蕊又迟到了十五分钟。

她和林蕊约好了，为了不在公交车上被挤成馅饼，上下班一块搭的士，费用 AA 制，这样既省时间又省钱。作为闺密，有理由为对方着想不是？

没想到，林蕊不为周蕾着想，天天迟到。

周蕾眯着一双五百度的近视眼，终于从人群中拎出姗姗来迟的林蕊。

林蕊又把一根细红的皮带系在身体正中央，看上去上身和下身一样长。

穿衣服不要这么 AA 制！周蕾忍不住提醒林蕊。

没办法，如果皮带不系在身材正中央，我就不知道先迈哪条腿。林蕊吐吐舌头，递给周蕾一只雪糕。

昨天周蕾请林蕊吃了支冰棒，今天林蕊必须请周蕾吃一根雪糕，习惯了 AA 的林蕊现在脑子里天天跟这两个字较着劲。

花小钱不要这么 AA 制！周蕾无可奈何接过雪糕说。

林蕊一向都这么泾渭分明，她说这个世界本来就不公平，所以她要力所能及地做到公平。

在车上，周蕾发现林蕊戴了一对新耳钉，左耳钉是黑的，右耳钉是白的。

耳钉买得很公平呀！周蕾忍不住揶揄了一番。

林蕊把周蕾上下扫描了一眼，说，你的鞋带系得也很公平。

说话不要这么 AA 制！周蕾彻底头疼了。

下班时，林蕊打电话来，约周蕾一块儿 AA 制吃饭。

周蕾看着满桌子亟待完成的报表，皱着眉头勉为其难说，好吧。

这么多工作没有完成，周蕾本来不想答应林蕊，可是一想到上个星期，因为她单身一人没着落吃饭，林蕊可是推掉了男朋友的约会，陪她 AA 制吃了一个星期的饭。

就冲林蕊这份情谊，哪怕食不甘味，周蕾也只能慷慨赴国难了。

却不是国难，是友难！周蕾一到，就发现林蕊情绪不好，非常非常的不好，要死，周蕾现在用副词都要 AA 一番才善罢甘休。

怎么了？周蕾一开口，林蕊眼圈就红了，她等着周蕾开口呢，导火索不点燃是不会吱吱燃烧的。

我上午闲来无事登了男友的 QQ，竟然发现他一只脚踏两只船,我的爱情被 AA 制了……林蕊呜呜咽咽地开了头。

周蕾耐着性子安慰林蕊,时不时地抬手看表。

饭终于快赶慢赶地吃完了,周蕾刚想闪人,林蕊嘴一撇,又来了新一轮的循环,你说,我对他那么好,他怎么能劈腿,你说……

你说,你说,讨伐的语气都变成了 AA。

周蕾当晚加班,一直熬到了凌晨一点,期间还时不时接到林蕊的哭述电话,继续 AA 着对男友的彻骨痛恨。

周蕾很想告诉林蕊不要 AA 制她的工作时间。但是,她不忍心在失恋的林蕊心口上撒盐。

当林蕊的坏情绪终于消停了,周蕾的胃却不肯消停了。

她犯了急性肠胃炎,被火速送往医院。

第二天一早,林蕊在老地方没有等到周蕾,便打电话给周蕾。

我可没有时间跟你 AA 制了……周蕾有气无力说。

不就嫌我老迟到吗?上周我还花时间陪你 AA 制了一个星期!林蕊很生气。

做人不要这么 AA 制!躺在病床上打点滴的周蕾也很生气。

伞　魂

窗外又淋淋沥沥地下起了雨,不消一会儿,黑巧克力就得回来了。

黑巧克力是他给她取的昵称。黑巧克力的皮肤不白,浑身上下都散发着黑褐色的迷人光泽,当她的双眼望向他时,那两束光芒都是黑褐色的。

一想到黑巧克力就要回来,他便开始坐立不安。

他不想见到黑巧克力,尤其在今晚。

曾几何时,他觉得她是黑珍珠;如今,她的身影只是在脑海中打了个滚,他便闻到一股酸咸菜的味道。

不行,他得躲出去。

外面的雨下得正急,他还是趿上拖鞋,再从床底下抽出一把黑伞,冒雨跑了出去。

伞还是那把伞,伞下已物是人非。

这把黑伞是谁的,谁也不知道,没来由的就到了他们手里。从他搬进出租屋的第一天,黑伞就搁置在床底下,蒙着一层厚厚的灰。他想,有可能是先前的租户遗落下的。

和黑巧克力认识,正是源于这把黑伞。

一天深夜,突然下起了大雨,他看到路边徘徊着一位无伞的女孩,心血来潮的他便上演了一部英雄救美的现代戏,举着黑伞送女孩回家。一来二去,女孩就送到他的怀里了。

在他的激情和甜言蜜语中,女孩一次又一次地像巧克力般溶化,他则附在她的耳边,一声又一声叫她你是我的黑巧克力情人。

黑巧克力特别珍爱这把黑伞,她说,黑伞就是他和她的媒人。

搞得像白娘子和许仙断桥相会时手中所撑的那把油纸伞一样金贵。

他打着伞走在雨中,不时有泥水溅到脚面上,突然觉得恶心起来。爱屋及乌,厌屋也及乌。想到黑伞是黑巧克力喜欢的物件,他恨不得马上将伞扔掉,唯恐脏了他的手。

没错,他从内心里嫌弃黑巧克力脏。

有一次,他陪同老板一块出差。老板问,那个黑妹还是你女朋友么？他脸皮一热，赶紧说，早就没谈了。

分了好！老板冲他挤了下眼睛，说，她的骨头大概是伞骨，看起来硌人！

他咬紧牙，手紧紧地握住伞柄。

伞柄很紧实，伞骨也僵硬无比。

想起老板说话时的表情，他收起雨伞，横在膝盖上狠狠地折。伞骨没折断，却将他的膝盖骨折得生疼。

曾经，他将黑巧克力送给老板时，心里滴着血样生疼。

老板看上黑巧克力，是在公司的年欢会上。那天，黑巧克力作为他的女朋友出席，披着一头黑长发，一身黑长裙，跻身在一堆红男绿女中间，那气息显得尤其神秘。

白得耀眼的女人见多了，乍见到黑得如此魅惑的女人，老板变成了一只馋嘴的猫。

老板对黑巧克力的渴望，他不露声色地尽收眼中。

想到自己北漂了十几年，还租住在地下室；想到自己在公司奋斗了许久，仍然只是一个小职工。如今，老板终于因为关注到黑巧克力，也顺带关注到了自己，他没来由地感到兴奋，血液在骨子里上下窜行。

又要提拔一位主管了，老板找他谈话说他很有机会——他深深懂得黑巧克力就是他的机会。他在老板意味深长的眼光中退出办公室，在出租屋里跪着对黑巧克力乞求，说，求求你帮我，就这一次……

黑巧克力脸上罩上一层灰尘，一言不发，良久良久，她才套上黑色长裙，打着黑色雨伞走出去了。

那天，也像今天一样下着雨……

雨过天晴，他一次又一次地升迁，升迁得一帆风顺。

再后来,老板对黑巧克力腻了,黑巧克力又回到他的身边。

你嫌我脏么?黑巧克力问。

怎么会,我的今天都是你换来的,如果有一天我抛弃了你,肯定会遭到天打雷劈的!他对天发誓。

誓言宛如在昨天,心情却陈旧得无与伦比。黑巧克力似乎越长越黑,黑得像涂了好几层黑奶油。

他为黑巧克力买了许多美白面膜,还下厨为她熬七白汤,他说,女孩子还是白净点好看。

为了他,黑巧克力开始擦粉底。可是,无论她擦多少层,他都觉得那张脸像驴子粪上打了霜。

他想与黑巧克力分手,但是,他说不出口。

毕竟,他今天的一切都与黑巧克力有关。

他越来越觉得躺在床上的黑巧克力,僵硬得像一把伞骨,再也找不到融化的感觉。

老板的一句玩笑话,像魔咒一样缠上他。

雨越下越大,他依旧不想回去,他不想面对黑巧克力,甚至,连这把黑伞也不想见到。

黑伞结实无比,他怎么都折不断。扔掉总可以吧,眼不见为净,他来到堤岸,要将黑伞远远地扔到河里,就让河水葬送这把黑伞,葬送他和她的爱情。

明天就找老板调到外地工作,然后悄悄搬家,从此,再也不看到她了!他暗自打定主意。

雷就在这一瞬间炸响的,一道巨大的闪电在头顶上掠过,他看到闪电变成一道火蛇,蹿入伞尖划过伞骨透过伞柄,然后钻入他的指尖。他感到五脏六腑中蹿起无数条火蛇。

他沉重地摔倒在堤岸上,闭上眼睛之前,他看到黑色的伞面哗哗地燃烧起来,火花中,他仿佛看见黑巧克力,黑巧克力正冷冷地看着他,眼睛里射出两道黑褐色的光芒。

他的嘴角痉挛了一下,什么声音都没发出来,就永远定格了。

预　警

老杨叭叽叭叽地嚼了几口白饭,就了一口白开水,正准备往嘴里扒青菜,像彩排进行到一半,没等导演喊停,老杨整个动作突然定格了。

怎么了?被饭里的小沙子硌住了?老伴受了遥控一样,停止了咀嚼,前后时差不到三秒。

不是不是,我右眼皮又跳了,左眼跳财,右眼跳灾,得马上去避一避灾!老杨飞快地把碗一蹾,筷子一扔,径直钻到被窝里捂着去了。

搞得被窝比菩萨的金钟罩都厉害。老伴把脸一沉,不吃饭了,怒气冲冲地追到床边,用力掀开被子,在老杨的脸上和身上胡乱揪了几把。

哎哟哎哟……老杨抱着脑袋,在床上缩成一团。

呸!扯什么右眼跳灾?我看是你懒骨头跳出来当道了,不想洗碗就明说!老伴的双眼瞪得铜铃大,活脱脱一个母夜叉。

老杨嘟嘟囔囔地说,瞧,这就是钻到被窝里都躲不过的灾,平白无故被你爪子掐了好几个伤口,红伤,见血了,你看。

老杨认为,右眼皮跳,是上天给自己的预警,可是老伴对他这个神神道道的预警很是嗤之以鼻。

老伴讥讽老杨,你当你是神的儿子啊?

老杨一拍巴掌说,我还真这么想的,三百六十行,我怎么就偏偏选择了算命这个职业呢?

老伴的脸色难看了,说,就算你是神的儿子,那也是个私生子,爹不疼娘不认,你的算命摊子,一年四季连蚂蚁儿都不屑从你跟前路过。偶尔有片树叶路过,也不见停下来算个命问个姓。

老杨怒了,说,你侮辱我可以,绝不能侮辱神灵。

都说现代人缺信仰,老杨不缺,神灵就是老杨的信仰。

别人的算命摊都摆在闹市中心,老杨的算命摊摆在小镇的大桥上。所以,老杨的算命摊显得格外鹤立鸡群,也尤其冷冷清清。

老杨这样做当然是有理由的,老杨五行缺水,一定要挨着水才能交到好运。桥下可是流淌得欢快的河水,可老杨的日子硬是欢快不起来。

好运虽然等了大半辈子还未等到,但是老杨坚信,好运正姗姗来迟在路上,这很正常,飞机火车这么高科技的玩意都兴晚点的。命运凭啥要准点,姜子牙还大器晚成的。

最近与以往有所不同就是证明。

上天的预警,报得太频繁了。

这不,昨夜右眼皮刚跳完,今天一早又来预警了。

老杨的老心脏,也随着眼皮上下跳动而忐忑起来。

不能出门,今天绝对不能出门! 老杨索性缩回屋里。

是福不是祸,是祸躲不过! 像只乌龟样的缩在家里干啥啊? 老伴的刀子嘴又派上用场。

预警,上天的预警又来了! 老杨指着自己的右眼皮。

果真在乱跳,不会儿子那边有什么事吧? 老伴的豆腐心跟着吊起来,赶紧回到里屋给儿子打电话。

儿子才是老伴最疼的,老杨这边,她也疼,头疼了大半辈子。

老杨头,今天怎么没出门摆摊啊? 对门的阿婆朝站在门口张望的老杨打招呼。

老天给我预警,让我避祸呢! 老杨头说。

避什么瞎祸,快随我到医院去,儿子在医院等着呢! 老伴从里屋里出来,拉起老杨,拍上门就走,也来不及向阿婆打招呼。

儿子怎么了? 老杨步伐都吓跟跄了。

呸,乌鸦嘴,儿子没事,是你有事。

我好端端的,出啥事呢。

我问你,你的右眼皮,是不是最近一直都在狂跳?

是啊,昨天晚上为这个,你还把我揪伤了呢! 老杨是那种好了伤疤也不会忘了疼的人。

今天早上,是不是连右嘴角也开始痉挛?

是啊,上天这次给我的预警也太明显了! 老杨百思不得其解地摸摸右脸。

是够明显的,老婆嘴里毫不留情,儿子说你那可能是面瘫,这个年龄的常见病。

常见病还上医院,朝菩萨求点药就好! 老杨觉得儿子太小题大做了。

等老杨面部痉挛完全止住,已经是一个星期之后的事了。

这一个星期内,小镇发生了一件大事。老杨天天去摆摊的风水宝地——大桥塌了,听说是一辆装鞭炮的货车路过,炸塌的。

老杨住的小区也发生了一件大事。

咱们小区里住着一位神通人物呢! 桥塌后,隔壁家的阿婆在把老杨提前避祸的事,传遍了整个小区。

阿婆讲得绘声绘色,见风传十里,立马有了十传百,百传千的趋势。再传远点,是太上老君下凡尘了。

神仙啊,返老还童啊,您这是!有眼尖的人发现了老杨发根冒出的黑发。

老杨望着老伴,得意地笑了。

小区住着一位杨半仙,老杨的名气越来越大了。

渐渐地,老杨足不出户,就有人慕名前来,求上一卦,成为半仙的老杨已经不需要靠近水来庇护自己了。

吃的不能信,住的不能信,新闻不能信,谣传也不能信,唯独老杨可以信。因为,老杨得到过上天的预警。

老杨成了人们心中的信仰,自然就不再插手家务事了。

你说,那回你右眼皮狂跳,究竟是面瘫的前兆,还是上天给你的预警?老伴实在见不得老杨躲懒还躲出个神仙名声,忍不住质疑老杨。

老杨不说话,把饭碗一推,直接上床歇息,神仙了,岂能跟凡夫俗子一般见识。

哼,你骗得了别人,还骗得了我?老伴愤愤不平地收拾着碗筷,谁不知道你以前为了扮什么仙风道骨,故意把头发染白了,现在长出的黑发,让别人误以为是返老还童了。

这叫山人自有妙计!老杨躺在床上一股不屑刚嗤出鼻子,右眼皮再次狂跳了起来,这次又预警个啥呢?

一个问号没完,客厅里响起来老婆砸碗摔碟的声音。

挪 位

凡事要低调,不然会有飞来横祸的!算命先生用手指着蒋大民的额头,说,恕我直言,瞧,您额头上的官禄宫虽然饱满,却生有横纹,小心节外生枝啊。

横纹?还节外生枝?蹲在算命摊前算命的蒋大民一下子暴跳如雷,老子现在就横给你看看,看我官运会不会飞走!

蒋大民高调地砸了算命先生的摊子,末了还丢下一句狠话,明天就给我挪窝,不然老子碰见一次砸一次。算命的望着摇摇晃晃走开的蒋大民,骂了一句,晦气,千算万算,就没算出自己今天会节外生枝。

酒劲没完的蒋大民意犹未尽地拍拍手,螃蟹似的张牙舞爪往家里走,眼角余光不经意地一扫,下属小李正低着头,贴着街角往暗处躲。

要的就是你像老鼠见了猫!蒋大民顿时觉得精神暴涨,神清气爽了。

蒋大民天生就是当官的料,他所在的单位不大,但并不影响他把官味玩到极致。

比方说训人。

只有在训人的时候,才能证明自己是生活的强者,蒋大民这个念头刚一冒头,就忍不住哈哈大笑起来,他想起前不久刚刚训过的小李来。

小李是单位负责接待的,其实像他们这种小单位能接待客人的机会实在太少,蒋大民多数时间就自己接待自己,在固定的酒店,固定的包厢内,当然,被接待的客人并不固定,领导居多,女性居多。

上一次,小李居然没在固定的包厢给自己订上位子,多么重大的工作失误,那次的客人可是他打算旧梦重温的一个女人,不在相同的环境,能勾起美好的回忆?怎么温故而知新?

在他的厉声呵斥下,小李花了两倍的钱才把包厢调换回来,不用说,其中一半的钱,小李自己认了,公家不会多出一分钱的,这点上,蒋大民是严格要求的。

得意扬扬地回到单位家属楼,蒋大明习惯性在自己领地上巡视一番,发现了又一个证明自己强者的机会。

都说得意不可再往,蒋大明偏偏要再勇往直前一回。

谁的车?谁的车,胆敢停在我车位上?蒋大民咚咚咚地砸起门卫大门,趁着刚才砸算命摊位的余勇未消。

门卫揉揉惺忪的眼睛,呵欠连天说,都一点了,谁在吵啊?

不想被吵是吗,那我炒你鱿鱼!蒋大民的声音猛一下子提高八度。

蒋局长!门卫的汗一下子涌上头,您有什么指示需要转达。

你马上跟我把指示转达给那辆车,问它主人是谁,这么不识相,占局长的车位,战争电影看过没?蒋委员长的席位,也敢占。

蒋大民不是蒋委员长,可他的命令也跟军令一样不容儿戏,门卫立即发动全家老小,深更半夜挨家敲门,逐户询问,要车主人迅速把车挪位。

蒋大民的车前几天不是去修理了吗?他要车位干吗?林主任睡眼惺忪地问门卫。

车虽然不在，不等于车位能占啊！门卫愁眉苦脸地请示。

呸，茅坑空着还不准别人拉屎！林主任嘭地一下关上门。

听楼下小王说，是您亲戚的车占住了蒋局长的车位？麻烦挪挪行不行？门卫觍着脸敲开丁会计的门。

丁会计黑着脸，明天挪不一样吗？非得现在？都几点了？又不是阎王发了令牌，要三更死不能拖到五更。

蒋局长的脾气，您又不是不知道，比阎王还阎王！门卫小声地解释。

丁会计一言不发地走下楼梯，打开车门，愤愤地将车挪走，又朝空着的车位上吐了口唾沫，低声骂道，你出门怎么不被车撞死？

楼上楼下的灯七七八八亮了，隔一会，又零零散散地灭了。

单位的家属楼，基本上都是同事，不到万不得已时，谁都不敢沾上蒋大民惹一身晦气，在人屋檐下怎敢不低头。

住在四楼的王打字员，因为得罪了蒋大民，被挪了个窝在家里待岗。

躲在自家窗户边，看到车子慢慢移开了，蒋大民冷哼一声，敢不挪动位置试试？

生命，在于折腾！这句网上流行的格言在蒋大民这里做了一下引申，为官之道，在于折腾下属。

没想到，第二天蒋大民就折腾不起来了。

不知道是算命的一语成谶，还是丁会计的咒骂显灵，踌躇满志的蒋大民大清早刚走出院子的大门，一辆没挂牌照的黑车就疾驶而过，将蒋大民的腰椎撞得严重错了位。

瘫在地上无法动弹的蒋大民好一阵才苏醒过来，他忍住剧痛睁开眼睛四处求援，围观的人群中，好几个熟悉的面孔，有门卫，丁会计，林主任，王打字，还有小李……

快,快,打电话! 同事们纷纷掏出手机,争先恐后地拨打着电话。

隔了好久,眼看蒋大民只有进的气,没有出的气了,救护车还迟迟没来。

怎么回事? 围观的群众和同事们都面面相觑。

电话都打了吗?

打了啊,订的是蒋局长最喜欢的特护病房! 小李抢先回答说。

预订了医院最好的外科医生! 丁会计紧跟其后声明。

我通知了蒋局长的家人! 林主任不急不慢发话。

谁打 120 了? 门卫想了想,搔起头皮挨个儿发问。

120? 所有人瞪大了眼睛。

没人发现,蒋大民眼睛疼得闭上了又睁开,睁开了又闭上,他被这帮下属折腾得没劲睁眼了。

当晚,小城的晚报上刊登了这么一则新闻:领导出车祸横卧地面 30 分钟之久,无人通知 120 转移到医院进行急救。

一个算命的坐在大街上,一边整理被打砸的摊位,一边就着路灯翻看报纸,嘴里念叨着,我这么好的摊位,别说砸一次,就是砸十次我也不可能随便挪动的。

误　诊

孙奴才成公子王孙了,不知道多长了一只眼,还是开了天眼,居然没看见一把手鞋子上的灰尘!

孙奴才的表现不能不让人惊世骇俗,搁以前,孙奴才早就屁颠屁颠地蹲了下去,伸出胖乎乎的手指肚在皮鞋上按摩推拉,把一把手脚下的皮鞋摩挲得锃亮锃亮。

同事们私下里都说,孙奴才的五个手指比金鸡鞋油都管用。

不过,孙奴才五个胖指肚的主要工作可不是给一把手擦皮鞋,而是数钞票。

说到这里,大家一定都猜到了,孙奴才是个出纳,掌管着单位的财务大权。

此刻,孙奴才正在一把手面前空前亢奋地挥舞着右手,手里猎猎作响的是一沓发票,好像摇曳着一面讨伐的大旗。

这些条子我不能报!您一下子就用去了半年的招待费预算,让我怎么做财务报表?要我怎么向财政局汇报?孙奴才这一番话说得比上刑场的刘胡兰还大义凛然。

你,你这个白眼狼!一把手气得整个脸部剧烈地痉挛起来,别忘了,当初是谁把你送上这个位子的,我有本事让你上去,也有本事让你下来。

孙奴才亢奋的手臂顿在了半空中,一把手的这句话点住了他的软肋。

软肋毕竟不是死穴。

孙奴才像僵死的蛇沾上地气，哆嗦着开口了，我的会计证可是自己实打实地考出来的，你有本事拿掉我的会计证！

好，好！一把手的脸都被气黑了，用手指着门外说，滚，思想有多远，你就给我滚多远！

门咚地一下在孙奴才背后关上了，孙奴才面无表情地走出领导办公室，他的想法也跟门关得一样紧，严丝合缝的。

好一个孙奴才！同事的嘴巴全都张成了 O 形。

孙奴才是不是喝高了，酒壮怂人胆？同事甲听孙奴才老婆埋怨过孙奴才嗜酒如命。

应该不会，我刚跟孙奴才说过话，他嘴里没有任何酒气！同事乙言之凿凿。

或许，是孙奴才的老婆在他耳边吹了枕头风？前几天我听到楼上在大声吵架，孙奴才的老婆骂他不像个男人，是个窝囊废呢！同事丙爆料，他和孙会计住在同一单元楼，有近水楼台先得月之便。

孙奴才老婆的枕头风吹了半辈子，怎么就偏偏这几天灵验了？甲乙丁显然不认同这个天翻地覆的变化。

莫非？同事甲面带一丝愧色，我们误会了孙奴才，人家以前对一把手毕恭毕敬，其实是在等翅膀硬的这一天？

肯定是，越王勾践还晓得卧薪尝胆呢！同事们恍然大悟。

孙奴才，好歹是跨世纪的人才吧。

万万没想到，同事们的表态还没来得及跨世纪呢，孙奴才又奴性大发了。

这不，孙奴才又唯唯诺诺地跟在了一把手身后，前几天在他身上出现的强势只是昙花一现。

莫非前几天,孙奴才是被灵魂附体了?同事甲惊愕地看到孙会计蹲下去,熟练地撅起屁股,伸出胖乎乎的指肚,再加上了袖管卖力地擦起了一把手的皮鞋。

稀泥巴是扶不上墙的!同事乙一锤定音,孙奴才好不容易上了墙,不怕下来?

奴性啊,骨子里的奴性啊!几个同事们纷纷摇头叹息,感叹大家的双眼都被假象蒙蔽了。

真相总有揭开的一天,这天,住在孙奴才楼下的同事丙为大家带来了正确答案。

你们知道吗?孙奴才前段时间被人民医院误诊了!同事丙神秘兮兮。

误诊?误什么诊?同事们立刻聚成一团。

人民医院查出孙奴才得了肝癌,后来,两口子到北京复诊,才发现不是。孙奴才的老婆这几天在院子里到处抱怨,说人民医院不负责任呢!同事丙揭晓了谜底。

哦,难怪孙奴才前几天神情恍惚,行为反常呢!原来是不想被人盖棺定论奴才一生啊!同事们掩嘴窃笑。

同事们在背后取笑孙奴才的同时,孙奴才又在哪里呢?

孙奴才在茶水间里。

自从上次他顶撞过领导后,他不得不为他的行为表示忏悔,私下还甩了自己好几个耳光。

孙奴才的忏悔就是主动接替倒茶小弟的工作,每天按时为一把手和同事们送上一杯热茶。

请喝茶,请多多关照!孙奴才殷勤地穿梭在办公室里,在每个人面前摆上了一杯茶,热情得好像每个人都是他的主子。

孙奴才还特别为一把手泡上了顶级的铁观音,迈着小碎步踱到领导面前。

您大人不记小人过,我这是人死三天翘,才与您顶撞的,以后再也不会了!孙奴才在一把手面前尴尬地点头哈腰。

一把手冷哼一声,官味十足地跷起二郎腿,勉为其难地抿了一口递到嘴边的热茶。

孙奴才脸上顿时露出了腼腆的微笑,他太了解一把手了,既然一把手肯喝他的茶,就代表已经原谅他了。

肯定得原谅啊,不然,再到哪里找这么听话的奴才?

但是,谁也不知道,孙奴才的微笑里还有另一层含义。

孙奴才在每个人的茶水里都吐了一口唾沫,其中,领导的茶水里被他吐得最多。

虽然,北京大医院诊断出孙奴才的肝癌是误诊,但是,他患有乙肝大三阳却是确诊。

乙肝会传染,这可是件众所周知的坏事,孙奴才和他的老婆都守口如瓶。

孙奴才带有传染性乙肝是他和他老婆的秘密。至于往茶水里吐口水,则是孙奴才一个人的秘密。

孝　者

淑兰孝顺,几乎每个认识淑兰的人,都这么说。

请注意,是几乎,这一说就值得一思二思三思了。

几乎这个词看似可以忽略不计,却也红口白牙证明了,有极个别人不认同"淑兰孝顺"这一铁的事实。

这极个别人不是别人,是淑兰的亲妹妹,淑芬。

外人批评淑兰,淑兰心里也好受点,身边总有一些自己没有本事,偏擅长对别人生活指手画脚的小人,亲妹妹淑芬与她唱反调,淑兰就想不通了,那不成了窝里斗么?

撇开奉养母亲这件大事不说,先谈姐妹俩找男朋友这种小事吧。

23 岁那年,淑兰往家里带了个男朋友。男朋友上门的时候,随口往地上吐了一口浓痰,当时还健在的父亲只皱了皱眉头,淑兰把男友当浓痰一样给吐出去了。

分了好!父亲说,这种没素质的人,不配进咱家门。

淑兰就这么跟男友分了手,但淑芬知道,淑兰私底下哭湿了好多条枕巾。

淑芬很不屑,她说姐,你是为父母活,还是为自己活?

淑兰抹着眼泪,不置一词,《礼记》上说了,孝子之养也,乐其心,不违其志;圣人孔子也说了,父母之所爱亦爱之,父母之所敬亦敬之。这些流传了几千年的传统美德,岂是从小就叛逆的淑芬能懂的?

过了不久,淑芬也带了个男孩回家,父亲一见到这男孩,差点没把眼珠瞪掉下来,男孩染着一头黄毛,戴了八个耳钉。

父亲大发雷霆,你要是不跟他分手,看我不打断你的狗腿。

淑芬眼睛一翻,打断狗的腿关我啥事?婚宴上是要上狗肉火锅么?

不听话的淑芬依着自个儿的性子,和黄毛男友偷偷地领了结婚证,没到三个月,又轰轰烈烈地去扯了离婚证。

循规蹈矩的淑兰,依着父母的喜好,相了个忠厚的丈夫,将小日子过得和和顺顺。

还是我的淑兰孝顺,你是典型的不听老人言,吃亏在眼前!淑兰的成功婚姻,成了父亲教训淑芬板上钉钉的正面教材。

淑芬一气之下,擅自跑到东北打工,只到父亲去世前才回来。

父亲是自杀的。

他得了胰腺癌,化疗多次之后,父亲承受不住折磨,在一个下雨的清晨,推开了五楼的窗户,一跃而下。

屋漏偏逢连夜雨,父亲去世没有多久,母亲又中风瘫痪了。

发生了这样的事情,淑芬依然决定回到东北打工。

你只顾欣赏东北的雪景,就不顾家里雪上加霜么?提起淑芬逃避责任的行为,淑兰又气愤又伤心。

淑兰将瘫痪的母亲接到家中,让母亲过着衣来伸手、饭来张口的生活;而淑芬呢?屁股一拍,该干嘛干嘛,一年到头只见得到钱,见不到人。

这一次,嫌遥控没力度,竟从东北赶回家当面控诉上了,就淑芬这种人,也有资格批评淑兰不孝顺?

呸!你孝顺?拘泥于形式那叫瞎孝顺! 淑芬不顾众人的围观,指着淑兰的鼻子批评。

姐妹俩撕破脸皮,在大街上吵起来了。

此时淑兰的心,比淑芬形容的东北气候还要冰凉冰凉的。

淑芬回来还有一个目的,居然是向母亲借钱。

母亲哪有钱呢?为父亲治病欠下的外债还没有还清,只差把头发剪下来卖了。

淑芬借钱的原因更令人啼笑皆非,淑芬说,公司要让职工入股呢,每人出10000元钱,合资购买挪亚方舟股票!这只股票只涨不跌,只有到世界末日才会跌停,而那时,人类要钱已经没有用处了。

淑芬不顾一旁的淑兰气得眼睛发红,继续瞎掰,妈,这种投资机会可遇而不可求,只要您出钱,每个月您将有一笔可观的分红。

淑兰再也听不下去,一把揪出淑芬的头发,将她拖出门外,又一耳光打在淑芬脸上。

将淑芬拖出门外再打,是不想让母亲难过,在气愤难当的时候,她还顾忌着母亲,淑兰还有脸说她不孝顺?

你个白眼狼,不孝顺就算了,居然敢骗母亲的钱。

淑芬捂着脸颊眼圈发红说,姐,不孝顺的人是你。

我?我怎么不孝顺了,我将父母亲伺候得细致入微,你连一根人毛都看不到。

你是够细致入微了?爸爸就是被你细致入微的孝顺逼死的!

宛如一根铁棒子砸在淑兰头上,她对临死前的父亲照顾得滴水不漏,竟然得到这样一个恶名。

还是出自亲妹妹之口。

知道吗?你为了悉心照顾爸爸,不顾姐夫怨言,整日整月都不归家,你筹措巨额医疗费,欠下外债,甚至打算将房子卖掉……这一切的一切,爸爸都看在眼里痛在心里,爸爸是为了不连累咱们这一大家子,才跳楼自杀的呀。

提起父亲,淑芬眼睛一酸,眼珠儿成串地往下掉!是呀,那段时间,母亲,淑兰和淑芬,过得多苦呀,母亲哭瞎了眼,姐妹俩工作多年的积蓄都水洗一空。

姐,你还没有汲取爸爸自杀的教训吗?你还想让咱妈也被你的孝顺逼得自杀吗?我这么做要让咱妈觉得,医疗费是她自己挣的,护工靠她自己也请得起!姐,你能不能不要让妈对咱们产生负疚之心,不要让妈觉得她活着是个拖累呀……

负疚,拖累……淑兰颤抖着嘴唇,想起父亲临终前一晚一直不敢直视自己的眼神,莫非,真如妹妹所言,自己面子上的愚孝间接杀害了父亲?

孝者,顺其心! 父亲遗书上留下的五个字,字字千钧压上了淑兰的心头。

忠　诚

和爸爸离婚吧! 王小丽凑近妈妈的耳朵,提高音量大声说。

你说什么? 妈妈侧着的右耳,一下子变成满脸的警惕,良心被狗吃了,天下有你这样当女儿的? 妈妈狠狠地剜了王小丽一眼。

王小丽噘着嘴。妈妈为什么不肯跟爸爸离婚呢? 爸爸的做法实在太让王小丽愤怒了,每天都免费让王小丽观看家庭暴力剧——《不要和陌生人说话》。

妈妈之所以侧着右耳说话,就是拜爸爸所赐,仅仅因为一双旧袜子没有及时洗干净。妈妈的左耳膜被爸爸的巴掌强烈问候了一下,破损后听力大为受损。

跟这样一个有暴力倾向的爸爸过日子,亏妈妈还大言不惭说一辈子也不会离婚,都堪比古人山无陵天地合,乃敢与君绝的坚定了。

王小丽能做的就是暗地里替妈妈祈祷,下辈子不要再嫁给爸爸。

不知道是不是王小丽的祷告起了作用,爸爸的这辈子竟然很快就要结束了。

癌症晚期,这段时间,你们就尽量满足他的心愿吧! 穿着白大褂的医生说。

王小丽和妈妈悲痛欲绝,即使爸爸有再多的不是。

人死债也灭啊。

没想到,妈妈的孽债却没灭,真是可怜之人必有可恨之处啊。

人死三天颠呢,爸爸又把端到床边的稀粥打翻了,嫌熬得不够稠。

进来,你们给我进来! 爸爸的怒吼声又砸进躲出门外的母女俩耳膜。

妈妈连忙擦干眼泪,堆起微笑,和王小丽一块走进病房,这已经是爸爸连续折腾的第七个晚上了。

老吴家还欠我们三万块吧! 爸爸没头没脑地问了一句。

这是一笔死账,追不回来的! 妈妈为爸爸掖了掖被子。

去,马上去把三万元钱要回来! 爸爸的语气不容置疑。

马上? 王小丽睁大眼睛,说现在已经半夜了,大冬天的,妈妈可是几天几夜没休息了呢。

我说去就去,马上就去! 爸爸的大手不停在被窝上挥舞,非得让我死不瞑目啊。

我立刻就去! 妈妈见状不妙,拉着王小丽就跑。

妈妈! 王小丽使劲甩开妈妈的手,泪珠儿愤愤不平地滚落了下来,你惯了爸爸一辈子,临死了,他也不让你好过。

他是快死的人了,你与他生什么气? 妈妈和王小丽深一脚浅一脚地行走在雪地里,寒风刺骨,王小丽冷得缩紧脖子。

半夜上门的债主,比鬼还难缠。王小丽躲在妈妈身后,看着妈妈像蜘蛛精一样死死缠住了老吴。

大半夜的,你让我到哪弄三万块?老吴摊着手,要不,迟几天,就几天?

迟?十年前你就说迟几天还,再迟我家老伴就见不着了呀!妈妈一屁股坐在地上,抢天呼地号哭起来,你这三万块钱,可是我老伴临死前的心愿了,你连一个将死的人也不满足吗?哭声在寂静的夜里格外清晰,不知道的还以为是老吴家半夜死了人。

等天亮,天亮!老吴搓着手说,天亮后给你们送到医院。

不用了!妈妈坐在地上捶着冻得发僵的大腿,我老伴的脾气,你是知道的,如果我空着手回去,他一发怒,就活活气死了!

老吴嘟嘟哝哝地说了句话,妈妈耳背没听清楚,站在一边的王小丽听得真真切切,老吴不屑地说,就老王那种暴脾气,亏你跟他过了这么多年。

妈妈拿着三万块钱走出老吴的门时,冬日的太阳已经升得老高了,短短的几个月里,妈妈的头发全白了。

这三万块果真成了爸爸临死前的心愿,等王小丽和妈妈赶回到医院时,爸爸已经只有出的气,没有进的气。

妈妈抓起爸爸的手,把三万块钱放进爸爸的手里,哭着说别人欠咱们的最后一笔账已经要回来啦,你就放心走吧。

爸爸直瞪着眼睛,抖抖索索地把钱扔到地上,显然还有什么不放心的。

老伴啊老伴!妈妈把爸爸的手放在自己脸上,说,你就放心吧,你走后,我不会再嫁的!

爸爸的嘴巴努力地张着,可惜什么声音也发不出。

老伴啊!妈妈把头埋进爸爸的胸前,眼泪将胸膛打湿了一大片,我欠你的账也用一辈子还清了呀,你还有什么不满意的?

爸爸的脖子使劲梗着，有呜咽声发出来。

妈妈抹了抹眼泪，吻了吻爸爸睁着的眼睛，说，放心吧！老伴，下辈子我还嫁给你！

爸爸听到妈妈的这句话，脖子一软，眼睛就缓缓地闭上了。

王小丽扑腾一下跪在爸爸的床前，爸爸，你就是个债主哟，这辈子当了妈妈的债主不够，还约好了下辈子。

爸爸死后多年，妈妈果然没有起过再嫁的心思。王小丽发现，没有生活在家庭暴力下的妈妈，明显心情畅快了很多。

妈妈，你为什么对爸爸这样忠诚？有一天，娘儿俩依偎在一起谈心思。

不为什么，就为他有一样别的男人没有的优点！妈妈边纳着鞋底边说。

爸爸有优点？王小丽抬起头问。

忠诚呀！现在的社会，有几个男人不在外面拈花惹草？捡破烂的还会撩惹讨饭的，更别提那些有钱的男人了！妈妈笑着说，你爸爸的心，可是一辈子都在我这里。

还真是呢！王小丽的身边就有一个活生生的例子，她有一个女同学吞下了一整瓶安眠药，还是没能阻止外遇的父亲与母亲离婚。

愿得一人心，白首不相离呢！王小丽想起爸爸，眼眶又湿润了，能有什么暴力，比背叛更让女人的心痛苦呢？

王小丽走后，妈妈走进客厅，为老伴上了一炷香。她默默地看着镜框里老伴的眼睛，他的眼睛还是像生前那样威严，那样的不容置辩。

妈妈望着镜框，脑海中再现出一个场景，老伴不容置疑推开怀孕的自己，被横穿而来的一辆车撞倒在地，车祸后老伴失去了性功能,自己守活寡一生作为报答,这可是连自己的女儿都不能明白的忠诚啊。

下辈子,你还会对我这么忠诚吗?妈妈喃喃自语问了老伴一声。

你怎么不问我一句

今天,对于林小莉和杜明理来说,是一个特殊的日子。伴随着太阳在新的一天冉冉升起,他俩的婚姻将正式迎接来第七个年头。

中国人骨子里都爱财,将七年婚姻称为铜婚。可不是?七年的时间,不长也不短,折算一下,还真有铜的价值。万一婚姻出现状况,也不至于净身出户。

还是法国人更实在,撕去表面的伪装,直指婚姻内核,干脆戏之为毛婚。在这一年里,许多人困在铜墙铁壁的围城里抱怨说,结个毛婚啊?

呵呵,一旦出现这个念头,就进入了七年之痒。

七年之痒的第一天。

林小莉可不想遭遇婚姻滑铁卢,她得未雨绸缪。与杜明理结婚六年,日子不好也不坏,感情不热也不冷,夫妻生活不疏也不密,似乎停留在了不高也不低的人体恒温——三十七度。

温水还能煮死青蛙呢,何况是婚姻?林小莉决定,从今天开始,为自己的恒温婚姻,添上一把火,或者加上一块冰,网上说了的,感情这玩意,要的就是冰火两重天。不刺激一下,人体内血液循环就不会加快。

婚姻美好不美好,跟血液循环的速度是成正比的。

为了纪念结婚七周年,林小莉买菜时特意把脚步循环到花店,订了九十九朵红艳艳的玫瑰花。

结婚这么久,林小莉从来没有做过这么浪费的事,当然,也从没做过这么败家的事,玫瑰花,不当吃不当喝的。

为了给婚姻加一点温,偶尔奢侈一下,林小莉不认为这是败家婆娘的行为。

早晨,七点的闹钟刚响,玫瑰花就被花店员工准时摆进了客厅里。

林小莉的目光飘过玫瑰花,悄悄观察着杜明理的反应。

他是会吃醋盘问呢? 还是会恍然大悟? 抑或是把她深情一拥,说老婆,我爱你! 要么是会心地一笑,说老婆,铜婚快乐!

杜明理分明瞧见了花,甚至还凑上前去嗅了嗅,可他转过头来,既没给林小莉深情一拥,也没冲林小莉会心一笑。

而是出乎意料沉默了许久,什么也没说,好像铜婚让杜明理的话升值到金口玉言一样。

他怎么不问我一句呢? 林小莉眼巴巴地望着杜明理,只见他像往常一样,若无其事地拎起公文包,平平静静地上班去了。连句平时最常说的拜拜,都忽略了。

这可是一大捧玫瑰花啊,整整九十九朵,花去了好几百块呢,怎么可以视而不见呢? 林小莉绕着玫瑰花转来转去,转得心都乱了,难道,他不再在乎我了? 连哪来的花都不愿追问了? 更忘记了咱们的结婚纪念日?

铜婚啊,怎么就让林小莉没来由闻见一股铜臭气,这么重要的日子,只记得上班挣钱,不是铜臭气是啥?

她怎么不问我一句呢?杜明理拎着包出了门,郁闷地在门外站了半晌。

为了庆祝结婚七周年,杜明理昨天一下班就跑到花店,提前预订了九十九朵玫瑰。

结婚这么久,杜明理从来没有做过这么浪漫的事,浪漫得近乎肉麻。

为了给老婆一个惊喜,偶尔做一下肉麻的事,杜明理认为值得。日子实在是太波澜不惊了,平淡得让杜明理心里长出了一层毛。

为了给疲乏的婚姻照入一些甜蜜的阳光,杜明理决定重新追求一次林小莉。以西式的方式,西方人求爱是用玫瑰的,这点杜明理真的是明理的。

没想到,收到玫瑰花的林小莉只是望了他一眼,然后就一言不发,淡定得像一块木头,什么表示也没有,好歹你林小莉应该表示一下欢喜的,哪怕是假装的。

不说要你投入自己怀抱,好歹出门时你应该送出一句温馨的话啊。说句贴心的话,就那么难?

上班中的杜明理,等待了整整一天,也没有等到林小莉一个电话。

哼,林小莉比木头还不如,炙热的木头扔进水里,还晓得冒出丝丝不甘的热气呢,林小莉干脆连气都不出一下。

杜明理想象中的热吻,拥抱,尖叫和感动,像玫瑰花上的晨露一样,太阳一晒就蒸发了。

等杜明理下班回家时,发现玫瑰花已经蔫了,林小莉懒得都没给玫瑰花浇一下水,举手之劳的事啊。

林小莉甚至为玫瑰花安顿了位置,将它插进了垃圾桶里。

杜明理张开嘴,刚想说句什么,却看到林小莉沉默地躺在床上,将脊背冷冰冰地对着他。

杜明理内心深处残存着对林小莉一缕热情的期冀,瞬间就消散得无影无踪。

他怎么不问我一句呢?林小莉侧耳关注着杜明理的动静,她听到杜明理在客厅来来回回的踱步声,偏偏听不到他的一句问话。

结个毛婚啊!杜明理生气地踢了玫瑰花一脚,在心里暗暗骂了一句。还重新追求,追着出丑才是。

花店员工一边整理着鲜花,一边清查着账单,其中一个发现了问题,老板,这里有两张相同的订单,莫非是发票开重复了?

送花时,你怎么不问我一句呢?花店老板埋怨说,这两份都是交过钱的订单啊!

爱情费洛蒙

为什么喜欢我?林美玲娇嗔地笑着,嘴角溢出一丝明察秋毫的微笑。

第二十个了!林美玲在心里默默数数,这是第二十个向林美玲表白的男人。

这还用问?你很香啊!男人陶醉地闭上眼睛,抽动着鼻子做深呼吸,满室异香呢,是个男人都会喜欢你。

骗人，还是个男人都会喜欢我。林美玲好奇地低下头，在肩胛处使劲嗅嗅，除了衣服的纤维味儿，哪来什么异香？看来老话不完全可信，狗嘴也有吐出象牙的时候。

真的！男人盯着林美玲目不转睛，我不但闻得到，还看得到。

看得到？林美玲愈发觉得好玩了。

香味正从你的笑容缝隙里，一丝一丝地往外弥漫呢！男人抑制不住地凑上前去，似要用嘴巴衔住那缕若有若无的异香。

林美玲忍住的笑意一下子释放开了，清新的香味伴随着笑声，咯咯咯地往外蹿。

处子才有香味呢！林美玲笑，我又不是处子，已婚的良家妇女了！

你不懂的！男人一本正经地说，处子的香，是含苞欲放的香，是玫瑰花的香，闻起来总归有些寡淡的。

那少妇的香呢？林美玲撑起下巴，一副求知欲很强的样子，她用这副神情求知过 N 个男人了。

少妇的香，才是肆无忌惮的香，是最烈的茉莉之香！这种香，更叫人迷醉！男人搂住林美玲，沦陷在她的异香里无法自拔。

明天吧，明天我就会给你一个交代！林美玲推开男人，在男人的不甘中，走了，走得袅袅婷婷的，每一步都踩着异香。

我香吗？林美玲靠近丈夫，扇动着衣衫。

丈夫疲惫地翻了个身，说，都回答一千遍了，我很累。

认真回答一次，我香不香？林美玲不依不饶地扳丈夫肩头。

香！很香。丈夫无奈，敷衍地嗅嗅说，什么牌子的香皂？

滚！我要和你离婚！林美玲一脚把丈夫踢下床去，她八百年都不用香皂了，用的是美白沐浴露。

什么叫好白菜被猪拱了？林美玲就是。

身在福中不知福呢,他这是! 林美玲嘤嘤地哭起来。

身为女人最大的悲哀,莫过于自己长得花容月貌,对方却是个瞎子。

女人的美,生长在哪里呢? 生长在男人爱慕的目光里。

女人的香,萦绕在哪里呢? 萦绕在男人迷恋的嗅觉里。

再好的玉,没遇到好的雕师,也是块顽石;再美的女人,没遇到懂欣赏的男人,也不是风景。

冒着香气的林美玲,枕边偏偏躺了个不解风情的丈夫。她的异香,算是被关入密不透风的腌菜坛子里,沤成酸味儿了,不冲鼻子已是万幸。

林美玲赌气地冲进洗澡间,站在浴头下,将全身冲洗了一遍又一遍,唯恐洗不净身上的酸味儿。

我得打破这段该死的婚姻! 林美玲狠狠地擦拭着肌肤。雪白的皮肤上,立刻凸显出淡红的擦痕。

林美玲吻了吻擦痕,这大概就是异香的形状了,果然和玫瑰花儿的颜色一样,它也想挣脱出来一展风情呢!

林美玲成功从婚姻中挣脱出来,已经是半年后的事了。

无家一身轻呢! 林美玲身轻如燕,步履轻盈,乍一闻见那香味,以为还珠格格中的香妃穿越来到面前了。

她感觉自己变成了一只蝴蝶,自由自在穿行在花海中。

林美玲这次,一定要找到一朵最大最艳的婚姻之花。

哦,林美玲不是蝴蝶,她是玫瑰花王呢。

那些追求过她的男人,二十个男人,以后,或许有更多的男人,才是蜜蜂,是蝴蝶呢。

林美玲展开手臂,还珠格格里面香妃一样的动作,招蜂引蝶。

果然就招来了一个,那个林美玲已经暗暗中意的二十号男人。

二十号男人嘴巴最甜,最懂得欣赏林美玲,反过来,林美玲也最赏识他,不然不会把目标锁住二十号男人。

玲,你到哪里去了?半年不见你!你是聊斋里的白狐吗?玩消失吗?男人欣喜若狂,像寻到一件失而复得的宝贝。

林美玲抿嘴笑笑,凑到男人身边说,快闻闻,我香吗?

香!男人毫不犹豫地说,肆无忌惮的香,是最浓烈的茉莉花之香!

他被林美玲突如其来的亲昵弄昏了头,喝了烈酒一样手舞足蹈地说。踏破铁鞋无觅处,得来全不费功夫呢!

始料不及的是,得来还要很费点工夫。

男人和林美玲开始了约会,他盛情邀请林美玲,去一处僻静的地方吃烧烤。

花香,草香,烧烤香,再加上林美玲身体的异香,真正的香艳旖旎呢!

你真的是我的情人了吗?男人深情望着林美玲。

林美玲坐在他的对面,洁白的牙齿刚咬下一块羊肉串。

情人?你要求就这么低?林美玲说,爱人也说不定呢,只要你肯努力,随时有提升的空间。

爱人?男人怔了怔,提升的空间?

我已经离婚了呢!林美玲启齿一笑,想提升到我爱人这个空间,不是指日可待的事?

烤肉的白烟腾地冒起来,笼罩住林美玲笑意盈盈的脸。

男人鼻子里飘进了一股怪异的肉味。

难道羊肉坏了?男人狐疑地拎起了一根羊肉串。

没啊,味道挺好的!林美玲剔了剔牙齿。

男人皱皱眉，他分明看到林美玲牙齿缝里，嵌着一根肉丝。

我走了，刚接到领导电话，要加班呢！男人去了一趟卫生间，回来时一副心急火燎的样子。

什么工作，比咱们的约会更重要？林美玲一时半会儿没反应过来。

更让林美玲百思不得其解的是，男人从此再也没找过林美玲。

真奇怪，莫非我的异香没有了？林美玲在肩胛处使劲嗅嗅，他是那么沉迷自己身体异香的。

更让林美玲郁闷的是，不只是二十号男人，以前的那些男人，突然都变成了谦谦君子，坐怀也不乱了。

乱了心神和阵脚的，是林美玲。究竟是什么原因呢？万分苦恼的林美玲只能坐在家中，与电视为伴了。

电视上，正放着一档火热的相亲节目——《非诚勿扰》。

林美玲甚至考虑，她是不是也要去《非诚勿扰》上相亲了。

节目上，一个年轻的男嘉宾说，他的嗅觉特别灵，能闻到女人身上的香味呢。

孟非和24位女嘉宾们都不相信，非让男嘉宾现场试试。

男嘉宾跑到一位女嘉宾面前，嗅了嗅说，你蛮长时间没吃过肉了吧？

女嘉宾说，我真的六年没吃肉了哟，我是素食主义者！

现场一片哗然，电视跟前的林美玲也恍然大悟。

明白了！二十号男人为什么突然不喜欢她了，不正是在林美玲吃了烧烤后，男人神情就变了吗？

一定是体内消化后散发的肉味，遮掩住了她本身的异香。

林美玲从此不沾荤腥了，成了彻头彻尾的素食主义者，还每天必喝玫瑰花茶。她渴望,像玫瑰花儿一样的异香,能够重新散发出来呢!

林美玲不知道的是,她中意的二十号男人,已经躺在一位像林美玲一样漂亮的少妇怀里。

听说过爱情费洛蒙吗?男人问。

爱情费洛蒙?女人歪着脑袋,她不懂,也没必要装懂,这是一个不矫情的女人。

是周迅演过的一个片子,一位科学家发明了"费洛蒙胶带",费洛蒙是一种化学异香,可以吸引住任何她想吸引的男人!

真的会有这种发明吗?那么费洛蒙的异香,是由什么制作的呢?

你猜!男人神秘地笑笑,跟着悄悄掀开女人的衣衫,想找找里面是否贴着费洛蒙胶带。

秘　密

依旧是那件褪色的黑色 T 恤,依旧是那个一动不动的姿势,依旧是倚在沙发上的远香,依旧是斗志昂扬毫无困意。

老婆,这都几点了,还不睡?萧利民强力压住心底不停奔腾上涌的烦躁。

远香目光像壁虎吸盘一样,牢牢吸住萧利民,任怎么打落都不会掉。

什么秘密?远香依旧是漫不经心的语气,说吧。

又来了，又来了！萧利民恨不得将远香的舌头洞里拔蛇一样拔出来，再狠狠打上死结。

但是，他不敢，远香的漫不经心让他心虚，这哪是漫不经心，分明是气定神闲。

他不清楚远香手中到底抓住了他多少把柄。

都是醉酒惹的祸！

那晚，萧利民像条死狗一样摔在刚打开的防盗门里面，浑身酒气。酒麻木！你还晓得回家？怎么没灌死你？老娘还能得几十万赔偿咧！远香骂咧咧地一个耳刮子抽过去，也不知道将哪根筋抽扭了，萧利民突然痛哭流涕地抱着远香的大腿忏悔起来，老婆，对，对不起，我有一个秘密，没，没告诉你……

什么秘密？远香不抽耳刮子了，心窝子开始发抽，用赵本山小品里的话，拔凉拔凉的。

什么，什么秘密，我，想想啊，想想！萧利民傻笑一下，翻着白眼，嘻嘻，想起什么来，口风转了，我剪，剪掉舌头，都不会，会告诉你！

萧利民的舌头没剪掉，话倒是很利落地剪掉了，一觉跌入梦里，任凭远香怎么威逼利诱，都牙关紧咬，比革命志士还威武不屈。

第二天，酒醒后的萧利民正好奇脸怎么一夜之间长胖了，远香的连珠炮弹炸过来。

什么秘密？还对不起我！老实交代！趁早点。

咱夫妻俩感情好得像502黏合的两位一体的，哪有什么秘密？即便有，我的秘密也是你的秘密啊。

还两位一体，你跟狗两位一体去吧！远香黑漆漆的眼珠盯住他，告诉你，就是把秘密藏进狗肚子，我也有办法教你吐出来，远香动辄骂萧利民酒都喝进狗肚子了。

远香的神通萧利民太了解了,比举世闻名的那个神探福尔摩斯还有过之而无不及。有一次,萧利民赌博一夜未归,第二天远香便根据口供,走亲访友,硬是连当夜麻将背面的颜色和花型都核查清楚了。

眼下,远香的左眼透着坦白从宽,右眼露着抗拒从严,嘴巴进行着抽丝剥茧。

负隅顽抗是无效的,如同被打草受惊的蛇,嘶嘶地吐着信子,想起来了,我藏了私房钱,五百块! 萧利民从镜子后面抠出五百块,舍财免灾。

远香双手环胸,一副成竹在胸的模样,想避重就轻? 不是这个秘密!

哦,是小马找了个情人,请我帮着打了两回掩护,胸可大呢……萧利民在心里对小马道歉,对不起了,兄弟。

别想蒙混过关了,远香语气一凛,小马找十个情人在我眼里都不是秘密,烧不着我烫不着我的。

她究竟抓到了什么秘密? 萧利民搜肠刮肚,把肠子搜得肠黏连了,肚子刮得无油无盐了,还是没理出半丝头绪。

难道是那一万块钱吗? 母亲生病期间,远香娘家正在翻修房子,就差一万块钱封顶。不管远香怎样软磨硬泡,萧利民硬是没掏出一分钱,倒是悄悄给母亲看病结账了一万元。

莫非是小雅被远香察觉了? 萧利民与小雅耳厮鬓磨两年,为小雅花了很多钱。小雅很懂事,从不在不该纠缠的时间段纠缠。两个月前,小雅碰到了更有钱的金主,彻底不与萧利民纠缠了,萧利民一直庆幸自己硬是玩了一把纸能包得住火的游戏。

难道是去年,他和小马一块出差到东莞,火儿背,嫖出了淋病,他一边找借口敷衍远香,一边努力搜寻偏方,终于将淋病治好了。

……

要是这些,远香这个炸弹早引爆了,不会等到今天,她没那么好的涵养。

萧利民将所有秘密都梳理了一遍,也不知道到底对远香吐露了什么蛛丝马迹。

什么秘密?远香的架势已经是发最后通牒了。

眼发红,嘴发乌,气发喘,胸发颤。暴风雨将至大厦将倾。

死婆娘,谁没有一点秘密呢?值得揪住尾巴不放?萧利民牙都咬碎了。

什么秘密?远香摸出手机,要给萧利民母亲打电话,老人有心脏病。

我秘密多了,你能怎么着!是可忍孰不可忍,萧利民一把抢过手机砸在地板上。

多是吗,那就一条一条理顺!远香被手机破碎声吓了一跳,嘴巴还不服软。

我的秘密就是早就理顺了你那点破事,懒得说而已,你不要脸,老子还要脸呢!萧利民喘着粗气,胡搅蛮缠反击远香。

远香被打了个措手不及,一下子噤了声,咬住嘴唇,脸红得像要滴出血来。

我,能有什么破事?

逆袭成功,看着远香惊慌失措的脸,萧利民停下正要挥舞出去的拳头乘胜追击着为自己开脱,你那点破事?还要我亲自说吗?别以为你就没喝醉过。

远香惊惧地望着因为愤怒而咬牙切齿的萧利民,两腿一瘫,哇的一声哭将出来,磕头如捣蒜,利民,对不起,那晚我喝醉了,真不知道身边的男人是你孪生兄弟……

笔　仙

陈国与一支玫红色的钢笔形影不离,已经七七四十九天了。这点,但凡跟陈国打过交道的人都知道,属于不是秘密的秘密。

成天把钢笔揣在怀里,你想孵出一个笔仙来?死党小李打趣陈国说,间或还揶揄地挤一下眼睛,那表情就生动起来,生动得陈国都找不到发脾气的理由,最好,还是一个貌美如花的女笔仙,陪你度过孤枕难眠的漫漫长夜。

唔,别瞎说!陈国连忙捂住小李嘴巴,神经兮兮地说,小心,隔墙有耳!

隔墙有耳?小李的脑袋左右转了转,四周连堵墙都没有,还会有耳?啊——小李惊叫一声,神态张皇着说,你背后有人!

陈国毛骨悚然地一转身,背后连根人毛也没有。

扭过头,只见小李拍着大腿哈哈大笑,大男人长了个怂胆,一个玩笑就能把你吓成这样,真见了笔仙,你不得魂飞魄散。

不,不是的!陈国苍白着一张脸结结巴巴地说,笔仙真的存在,我亲眼见识过!

哦?真的存在笔仙?小李来了兴致,笔仙是男是女?他的脑袋,能拿下来再安上去吗?

你以为笔仙是孙猴子啊!陈国涨得脸红脖子粗,急切地解释,真的,虽然我没看到笔仙,但我感觉到了笔仙的存在!

这件诡异的事情就发生在四十九天前。

又是一个风黑月高的夜晚,陈国躺在床上辗转反侧。黑暗中,他听着石英钟嘀嘀嗒嗒的走动声,突然想起了女友小莉躺在身边时,她温暖的心跳声。可惜,陈国已经有半年没听到小莉的心跳声了。

这么说,并不是因为小莉死了。事实上,哪会有那么多生离死别的爱情呢?小莉只是跟有钱的男人跑了,一厢情愿地把自己,从陈国的女友升级成了前女友。

并不是所有的升级都代表着进步,至少,陈国的情感从此停滞不前了。老在一二一一二一的口令中玩原地踏步,走不进一二三四的旋律。

小莉不是悄悄地来的,也不是悄悄地走的,临走前送给了陈国分手礼物,一支玫红色的钢笔,小莉说,钢笔代表着一笔勾销。然后她就挥一挥手,带走了所有能给陈国滋生温暖有关的气息。

真的能一笔勾销吗?玫红色的钢笔,就好像逝去的爱情残留下来的颜色。陈国眼里的颜色一刹那间,秒变成玫红。

小莉,只要你回来,做什么我都愿意!想起往事,陈国怎么也睡不着了,他翻出小莉留下来的钢笔,在夜半时分中独自私语。

也许,我可以请笔仙帮帮忙?鬼使神差的,陈国脑子里闪出这么个念头。

请笔仙,是流传在民间的一个灵异游戏。规则是,先在纸上写一些简单文字,然后用手执起笔,全身放松,进入一种空灵境界,喃喃念出咒语。

咒语生效后,笔会牵引着你的手,在纸上缓缓移动。这时,便可以问笔仙一些问题,笔仙会拉你的手,缓缓地在答案下划上圈。

类似于领导在文件上圈阅。

　　但是,有一个忌讳,笔仙不能轻易请,因为,会舍财又伤身!笔仙,毕竟是灵异界的生物。不是庙里的土地神,也不是灶台的灶王爷,谁都可以求见的。

　　宁可信其有,不可信其无! 为了小莉,陈国顾不了那么多了。

　　陈国特意点起了蜡烛,因为他怕灯光太刺眼,吓得笔仙不敢出来。

　　昏暗的烛光中,陈国握着笔默默地念叨,笔仙啊笔仙,你快出来吧!

　　也不知道过了多久,陈国手中的笔突然微微地动了一下,他心里猛地一抖,发根全部立了起来,传说中笔仙附体时,笔会这么悄不经意地抖动一下。

　　笔仙,是你吗? 陈国鼓起勇气问。

　　钢笔带着陈国的手,缓缓地划到"是"字下面,浅浅地画了一道线。

　　陈国牙齿打着架,抖抖索索地继续问,笔仙,你告诉我,小莉会回来吗?

　　像是感受到了陈国的迫切,钢笔冷不丁加快了速度,潦草又沉重地在"是"字下不断画着线条。

　　笔仙,你怎么了? 你为什么乱动? 陈国的心颤抖着,笔仙的力气实在太大,陈国已经控制不住自己的手。

　　笔仙,笔仙,陈国惊叫起来,与此同时,陈国的手机也刺耳地尖叫起来。

　　后来呢? 怎么样了? 小李倾着上身,饶有兴致地追问。

　　陈国瞧了小李一眼,神秘地捞出手机,调出一条短信,后来,后来怎么样了,你自己看!

小李在手机屏幕上瞅了瞅，什么啊，就是一条空白信息。

这条短信，就是在我请笔仙时，恰好收到的！陈国一脸笃定说，一定是小莉发给我的！

小莉发给你的？你们分手后，她换了号码，再没有给你只言片语呀？小李惊讶地挑起眉毛。

对，经过这么长时间，小莉肯定是有很多话跟我说，但是却不知道说什么，于是半夜深有感触地发了这样一条空白信息！陈国满腹心事地托起下巴，我打了很多个电话过去，可是，小莉只是重重地呼吸，怎么都不肯说话。

停，让我猜猜后来的故事！小李打断陈国的叙述，后来，这个陌生的号码是不是发短信，说有急事，让你汇钱？

你怎么知道？陈国惊讶了，难不成你也请过笔仙。

你汇了？小李答非所问。

汇了呀！她是小莉呀，我能不汇？只是，我每次跟小莉打电话，她都挂断，她是不方便接电话，还是不好意思见我面呢？陈国无奈地叹了口气。

情痴，你碰上骗子了！小李也叹了口气，硬着心揭开谜底。

骗子？怎么会呢？陈国捞出怀中玫红色的钢笔，那天晚上，我真的请到笔仙了，笔仙告诉我，小莉一定会回来的。

唉，小子你醒醒吧！小李同情地拍拍陈国的肩膀，科学家早就对笔仙做出过解释，笔之所以会动，全是因为人们内心的潜意识，潜意识控制着手的运动，却让玩者误以为是笔在动。

你没有亲自请过笔仙？怎么能否认这个事情呢？陈国气急败坏地舞着钢笔，说，不信，你跟我一块请出笔仙试试？

小李耸耸肩膀，说，对对，你是请到了，笔仙附在你身上了，才让你神志不清！啊——小李又一次发出惊恐的尖叫，你背后有人！

　　然而，陈国不肯再上小李的当，他固执地往陌生的号码上发了第五十条短信，小莉，是你吗？你什么时候才回来？

借　刀

　　白日即匿，继以朗月。

　　这样好的月色，适合豪饮，划剑，走镖，当然，也适合隐匿，藏剑，劫镖。

　　薛镖头的镖，大多放在夜晚走。

　　夜晚，可以在忐忑不安的气氛中发现独有的宁静。

　　薛镖头喜欢在夜里听各种鸣虫的叫声。

　　鸣虫的叫声越疯狂，镖师们越气定神闲，这代表镖与他们都是安全的。虫子的世界，传递出的信息和人世界传递的信息大同小异。

　　眼下，所有鸣虫都噤声了，肯定是有不安定的气氛潜入。

　　这些警惕的小虫子们，总能更先人一步嗅到危险的味道。

　　薛镖头与众镖师的手，早已紧握在刀柄上，一个个神色凛然。

　　潜伏的敌人依然没有现身，他们与广袤的夜色合二为一。

　　细密的汗珠从毛孔中渐渐地渗出来，有些恼人，薛镖头抬起左手，刚想擦一擦汗，楠木棺材里面突然传来皮少爷的声音，薛镖头，好端端的，怎么不走了？

　　不消薛镖头回答，皮少爷立马知晓了答案。

十余条黑影从两边芦苇丛中跳出来,十余把刀狠命地劈向楠木棺盖,刀光剑影中,飞溅起细碎的木屑,在月光下轻舞飞扬。

薛镖头及时挡住领头汉子的刀,刀光映射之下,现出汉子一张粗糙的脸。他失声叫道,杜镖头,你怎么会劫镖?

杜镖头虚攻了几招,声音在武器碰撞的缝隙中穿梭,薛镖头,对不住了,薛家镖局受人钱财走镖,杜某人受人钱财劫镖!若早知由薛镖头保这趟镖,杜某无论如何也不会受这笔单,但撤单的事情杜某从来不做,咱兄弟俩免不了这场恶战了!

薛镖头奋力回击,朗声道,恶斗?你还是拿命斗吧,薛门镖局从来不走失手的镖,想要镖失手,除非镖师死绝。

话说得轻松,薛镖头手上却不松懈,两班人你杀过来,我砍回去,场面虽然混乱,却也看得出是势均力敌,一时半会儿难分胜负。

薛镖头在纠缠中,感到有些奇怪。

走镖数月,屡屡碰见劫镖的人,居然都是镖局同行。

不知皮家少爷得罪了什么仇家,仇家不惜花巨资令护镖师变劫镖者。

镖头们无一例外,不肯放弃这笔买卖,送上门的钱,没有不赚的道理。

镖局有镖局的规矩,客人的隐私从不打听。

由于保护皮少爷上路,薛镖头已树敌无数,打死打伤不少同行。

以后,这碗饭能不能吃下去,还真的是未知数,好几次,他真想弃下皮少爷,一走了之。

这么犹豫来犹豫去的,镖队就离目的地仅有一步之遥了,眼见胜利在望,怎能弃下喂到嘴边的肥肉?

镖局要存活,镖师要吃饭。

镖师们呢？

薛镖头有一些怆然。

镖师们仅剩最后陪他血战的这一批了。

最后这一批，也随着月光的暗淡，陆续死去，仅剩薛镖头一人。

遍地的血腥气激发了薛镖头的原始的兽性，他手里的刀扑地一声，砍入杜镖头肩胛骨，杜镖头手中的刀已然递出，却没能狠下杀手，一念之仁令他后悔不已，口中骇然道，你真下得了这狠手？

劫镖者死！

薛镖头将刀从杜镖头肩胛骨中拔出来，狂吼一声，眼一闭，跟着又补下一刀，血从杜镖头僵立的身上流进脚下的泥土中，又渗入芦苇丛的根部。

天地间一下子安静下来，被血战吓得躲进云层的月亮探出脸来。

听说鲜血滋养的植物，茎秆是血色的，可以补人血气。

浑身酸软的薛镖头折下一根芦苇，将芦苇秆凑在月光下细看，他这会儿体力严重透支。

月色下，芦苇秆说红色不像是红色，说黑色也不像是黑色。

薛镖头，人都拦下了吗？皮少爷藏匿在楠木棺材中，小心翼翼地发问。

一阵"嗖嗖嗖"的鸣叫声试探般地响起来，替代了薛镖头的回应。

是一种叫纺织娘的虫子在鸣叫。

纺织娘的叫声，好像娘子坐在织布机前织布的声音。

拿到了这笔银子，就与娘子孩儿隐居山林，从此再也不走镖！薛镖头将浸满鲜血的刀缓缓插入刀鞘，疲惫的眼神露出夙愿即将得偿的微笑。

微笑凝固了！一把刀柄,悄无声息间,从薛镖头的后背没入心脏,那是杜镖头临死前没能递出的一刀。

皮少爷就手借用了一下。

薛家镖局从此在江湖除名。

皮少爷掏出丝绢,缓缓地擦净双手,蓦地,仰天发出一声长笑,笑声很阴鸷,所有的鸣虫吓得再度失声。

一分银两不花,所有镖局名存实亡。

"皮少爷"驰马飞奔向来时路。

他要赶回皮家庄,与父亲皮庄主好好商议,即将开张的皮家镖局取个什么名字。

全民微阅读系列

三尖杉

进入冬天,母亲就病了,一天到晚咳嗽个不停,好像要跟呼啸的寒风作呼应似的。

大哥说,母亲的肺痨是在贵州当知青时落下的,恐怕再好的医生也断不了病根,那意思,病也有自己的根,得从原发地找病因。

我讨厌贵州。

贵州的条件到底有多恶劣呢？能将母亲年轻健美的身体击溃,拖着残躯病体回到上海,提到贵州,我就皱眉,年轻时母亲的照片我看过,简直可以当健美教练。

别这样说贵州,贵州是我的第二故乡! 母亲咳嗽着,推开大哥递过来的中药,说,我才不喝中药,三十年前,乡亲们只要咳嗽了,就去山上采一把三尖杉的叶和果,熬成水喝几口,咳嗽便止住了。

三尖杉? 不就一棵树吗? 我这就去找! 大哥是急性子,掏出车钥匙,拔腿就走,大上海,国际都市,还找不到一棵三尖杉。

大哥托人到上海植物园,采来一把三尖杉狭长的叶子。我将叶子切碎,熬成水,又拌上蜂蜜,小心翼翼地喂到母亲嘴里。

喝了好几天,咳嗽依然充斥在房间里。

母亲的土方子并不管用,土方子,在十里洋场的大上海,肯定无法立得住脚。

大哥急了,再次要求母亲去医院,可母亲仍然不配合。

母亲一生都固执,大哥和我都拿她没办法。人老了,更是倚老卖老要把固执进行到底。

大哥说,妈,你怎么越老越不听话!

我说,妈不是越老越不听话,妈是越老越不像话。

母亲挺委屈,说,明明是你们找的三尖杉叶子有毛病,还怨我的土方子不管用。

大哥拿起剪碎的叶子递到母亲面前,说,这难道不是三尖杉?

母亲不服气地说,这不是贵州山上的三尖杉。

大哥哭笑不得,说,难道贵州山上的三尖杉比别处的三尖杉多长一个杉尖?

母亲瞪着浑浊的眼睛,说你嘴上无毛你还不信,治病得治根,我在贵州当知青时,胳膊被一只毛毛虫蜇伤了,当地人说,得用蜇伤我的毛毛虫当药引子,涂抹在伤口上才不会留疤。

顿了顿,母亲又说,我的肺病是在贵州松坎落下的,得喝贵州松坎的三尖杉。

我轻轻碰了碰大哥，眼神互相交流了一下，我和大哥再迟钝，目前把话说到这个分上，我们也都明白了，母亲是想念贵州了。

满足母亲这个心愿吧，大哥与我一商议，决定趁母亲还能走动时，带母亲回一趟贵州，就当走一门乡下的老亲戚。

一路上，母亲破天荒地配合我们兄妹，古怪的脾气无影无踪，大哥递过来的中药也老老实实地喝了，连药渣都不剩。

还破天荒地跟我讲起往事，吵得很。

就这，我还得迎合她，我说咱们这会儿坐的是动车，逛吃逛吃，爽得很。

母亲愉快地笑了，第一次，笑声没断顿，咳嗽声居然也晓得看场合，没不请自来凑热闹。

火车到了遵义站，母亲笑容敛了些，说，当年在这儿下了一批人。

到了桐梓站，母亲又说，当年在这儿也下了一批人。

火车又停靠了好几个站，母亲嘴里下站的人越来越多，母亲的话就越来越少，她的眼睛贴着玻璃，一言不发地盯着窗外。

这也算近乡情怯吗？

到了松坎，我们便转乘旅游专车，来到一处乡村旅游村，三三两两的游客们在沿途中嬉笑，拍照。

母亲反串起了导游，一路指点着说，这儿以前是人民公社，怎么就变成了旅行社？

三尖杉好像就长在这儿！路过一片繁茂的树林，母亲挣脱大哥和我的搀扶，颤颤巍巍地钻进树林。

母亲并没有老糊涂，在母亲的引领下，我们真的看到了一丛三尖杉，是欢迎当年母亲那批知青下放时村民栽下的。

遗憾的是，三尖杉的树身上，刻着几道醒目的伤痕，某某到此一游，某某永远爱某某……

母亲干瘦的手颤抖着抚摸过树身的伤痕，嘴里嘟囔着说，知青下乡才不会做这样的记号。

那你们都做什么记号？大哥颇为好奇地问。

母亲从贴身的衣兜里摸出一块红布片。

天知道，她怎么会把红布片藏在衣兜里。

母亲踮起脚，将红布片系在三尖杉树枝上。

系上了红布片，三尖杉就会保佑红布片的主人。母亲说，当年欢迎我们下乡的村民就这么教我们的，这天地万物，都有灵性，你对它们好，它们也会回报你，说的就是这个理。

我望着母亲笑，您是要告诉我们，有理的地方，先得有礼吧。

这时，大哥指着另一株三尖杉喊起来，妈，你看那儿！

三尖杉树枝上，一块红布片正在风中招展，万绿丛中一点红，真好看！

有人效仿母亲呢。

母亲眼眶里，顿时蓄满了泪花。

真灵，从贵州返回后的整整一个冬天，母亲都没有再咳嗽了。

旅游基金

勤扒苦做了好多年，早餐店的客源总算稳固了，熬门面，熬门面，说到底，生意都是熬出来的。

生意熬出来了，老王的身体却熬垮了，用江河日下都不为过。

老伴心疼老王，说，要不，咱们把早餐店盘出去，学人家老刘，甩着手到处旅游。

你居然让我学老刘？老王瞪老伴一眼，那家伙可是出了名的好吃懒做。

老刘是老王下岗前的旧同事，两个人像斗公鸡一样，你啄我一口，我咬你一口，从没消停过。

替儿子买新房，也一人买在河东，一人买在河西，大有楚河汉界之势。

老王家的房子买在河东，贵了点，花光了老王毕生积蓄。

但是，地段好，采光好，面积大，自从儿媳妇住进了新房，喊老王的声音都变得温顺许多，还含糖。

老刘呢？呵呵，平时只顾自己吃喝玩乐，临到儿子要结婚了，才急吼吼地想起来买房。

钱不多，房子只好买在偏远些的河西。

那地方，贫民窟似的，狗都不愿到那地儿撒欢。

老刘儿媳妇喊他，那是喊吗，呼来喝去的，唤狗还差不多。

老刘这种天晴不晓得防天阴的人，是生活中的反面教材，老王呸都来不及，向他看齐？滑天下之大稽。

那你准备什么时候才退休？被拖累得有苦难言的老伴问老王。

再干一年就退休！老王强打起精神规划未来，顺便给老伴打一针强心剂。

哼，你这句话，说好多年了！早餐店刚开业时，你说攒够了儿子彩礼钱就退休；儿子彩礼钱攒够了，你说攒够了儿子房钱就退休；现在，儿子结婚了，房子也买了，你还再攒什么钱？

全民微阅读系列

旅游基金啊,老王冲老伴眨眨眼睛,攒够了咱老两口出去旅游可比老刘潇洒多了,老刘那只能叫穷游。

穷游,饱的是眼睛,富游,浑身管饱。老伴没话了。

老王这一辈子,都替儿子在穷忙活。

难得把自己剩下的日子,提上议事日程。

老王觉得吧,这旅游基金,得靠自己挣,哪能像老刘,靠克扣儿子的生活质量换来自己的潇洒快活。

带着儿子媳妇的怨气去旅行,还玩得有什么劲?

有生之年为自己忙活一把,老王干得可起劲了,这一回,真的再干一年就退休。

就算他想多干几年,身体也不允许了,好几处身体部件都亮红灯了。

一天,老王到菜场去买牛肉时,无意中碰到了老刘。

老刘戴一顶黑色瓜皮帽,愁眉苦脸地拎着几颗小白菜,肯定又被儿媳妇训得鼻子不是鼻子眼睛不是眼睛,德行,看你还穷游不。

回家后,老王对老伴说,老刘混得那个惨,只买得起白菜,牛肉看都不敢看一眼!

看一眼怎么了? 老伴没反应过来老王的意思。

看一眼,怕人家找他要看钱啊! 老王笑得上气不接下气。

笑完又不落忍,旧同事混到这般田地,老王不禁兔死狐悲。

悲完又恨铁不成钢,这老刘也是自讨的,牛肉都吃不上嘴,还戴什么瓜皮帽? 买帽子的钱,割一斤牛肉补补身体不好吗?

生活真是水涨船高。

河东的房子也像夏天一样,不停升温,同时升温的,还有物业管理等乱七八糟的缴费。

这些都伤不了老王旅游基金的元气。

直接把老王墙根挖塌的,是年底时,儿子股票亏了个窟窿,从老王手里挖了一些钱去补仓。

堤内损失堤外补,小王堤内的资金总是发生管涌,堤外老王的旅游基金自然而然的像气温表上的刻度,起起落落,无法实现飙升。

一年,一年,又一年。你还要干多少个一年呀?老伴在老王的头上拔下好多白头发。

千真万确再干一年就退休!老王捂着胸口保证,他最近胸闷气短得厉害。

没等一年,这天,老王打开早餐店门,刚掌起勺,咚地一声,倒在地上起不来了。

老伴惊慌失措,打了120,将老王送到医院急诊室。

好在有惊无险,老王死亡线上穷游一圈,苏醒了。

瞧你累成了这样,别再等一年了,马上退休!老伴抹着眼泪说。

老王心里默算了一下,突发脑溢血住了个院,旅游基金的数字一下回落到了起点。

老刘得到了消息,拎着水果来医院看老王。

老王对老刘说,空着手来就行了,讲什么客气,何必为了买几斤水果看儿子媳妇脸色?

看他们脸色?老刘一副扬眉吐气的样子,看我脸色还差不多。

德行!装瘦死的骆驼比马大?

偏偏,老刘不是瘦死的骆驼,他是肥实的奶牛。

河西的房子拆迁,老刘家不仅重新分配到了河东的一套新房子,还得到了一笔不菲的拆迁款,老刘喜滋滋的,这笔钱他打算当作出国的旅游基金。

出国的旅游基金? 老王都还没出省旅游过呢。

会跑跑不过影子,人能能不过命! 随着一声长叹,老王监护器上的有规律的波浪刷地就跑成一条直线。

凶　宅

夜深人静的夜里,一处住宅里突然响起一个女人的惊叫,这惊叫声比刀子还坚硬,这惊叫声比刀子还尖利,像要在坚硬的钢化玻璃窗上划出一道口子来。

琼又犯病了。精神病。

除了看医生,心急如焚的琼妈妈还带琼吃香灰,拜鬼神,企图招回琼的魂。

然而并没有什么用。

为了搞懂琼的病情,琼妈妈成天泡在网上找资料,对于流行的网络语,熟得不能再熟,对女儿精神病的成因,却一团乱麻。

直到有一天,琼妈妈在网上结识了西妈妈。

西也得了该死的精神病,并且,西和琼差不多大,花一般的年龄。

琼妈妈和西妈妈一寒暄,大吃一惊的程度,堪比彗星撞地球!

琼和西是大学同学,还竟然同班同寝室。

两个妈妈一见如故,眼泪不约而同往下流。为什么? 为什么琼和西会患上同样的病？琼妈妈和西妈妈决定携起手来，一起找出根源。

她们找到了学校，辗转打听到在女儿口中出现过的好友，以及她们的联系方式。

你好，是露吗？我是琼的妈妈，琼得病了，我想……

什么病？露有气无力地问。

精神病。琼妈妈有些难以启齿。

什么时候得的？露的声音挤压得变形，像钝器摩擦着大理石。

前年……

别问我，我什么都不知道！露惊声尖叫起来，烫手山芋似的扔掉电话。

这惊叫声中夹杂的恐惧，琼妈妈和西妈妈都熟悉无比。

露一定知情。

琼妈妈和西妈妈千方百计找到露的住处。

露蜷缩在狭窄的床上，像个奄奄一息的女鬼。床边的桌子上，堆满了数不清的药物，琼妈妈拿起药瓶一看，全是治抑郁症的。

告诉我，你们三人究竟发生了什么事？西妈妈情难自禁地摇晃起露孱弱的肩膀。

凶宅！露艰难地从唇中挤出两个字。

凶宅？在哪？快带我们去！哪怕再凶的宅，也挡不住天下父母心。

在两个妈妈的劝说下，露终于带着她们坐上火车，千里迢迢地到了湘西。

谁在湘西？琼妈妈问。

琴。露不情愿地吐出这个名字。

琴这个名字,琼妈妈和西妈妈都不陌生,琼和西没得病前提起过琴,一脸艳羡,说琴是真正含着金汤匙出生的公主,这位公主的性格还尤其敏感。

琴如今在哪？琼妈妈问。

死了。

什么时候死的?

前年。

琼妈妈和西妈妈交换了一下眼神。

怎么死的?

自缢。露神经质地前后左右扭动着脖子,像脖子上缠绕着什么似的。

为什么自缢?

凶宅,她住的房子是凶宅。露肯定地说。

又是凶宅。琼妈妈和西妈妈,终于见到了传闻中的凶宅。

凶宅已经寥落了,仍然依稀辨得出曾经的辉煌。

琴自缢前,曾邀请一些同学,在这里举办过一场繁华的聚会。露站在冷冷清清的大宅门口,追忆起曾经的热闹。

香槟、咖啡、歌舞、衣襟。琴向同学们展现着她的友好与热情。

同学们都玩嗨了。琼和西都是琴的闺密,在这幢豪宅里,如鱼得水般欢畅。

夜深了,琴邀请同学们在她家住了下来。

琼和西要求和琴睡在一块,过一夜当公主的瘾。

琴的卧室美伦美奂,到处都是粉红色。

雪白的纱账放下来时,窗外飘来了一首歌曲,是伍佰的《挪威森林》——那里湖面总是澄清,那里空气充满宁静,雪白明月照射在大地,藏着你最深处的秘密。伴随着歌曲飘进来的,还有淡黄的月光。

肮脏的秘密,在这间美丽的公主房里,肆意滋生。

琴的豪宅,是一处凶宅!

恐怖的传言,在学校里一传十,十传百地发酵开来。

为什么这么说?

那天晚上,在琴家里住宿时,有人看到了一个吊死的长发女鬼!

真的? 好恐怖!

女鬼左脚穿着绣花鞋,右脚打着赤脚呢。

我也看到了,女鬼还把自己的脑袋取下来,放在自己的膝盖上,一边唱歌,一边梳头。

难怪我那晚听到歌声……

天哪,那晚我也觉得脖子仿佛被头发一样的东西,勒得喘不过来气……

瞧琴的脸,毫无血色,莫非是被女鬼缠身了?

好难受,好难受,有人在勒我脖子。露突然捂着脖子,满地挣扎起来。

琼妈妈在露的叙说中,早已泪流满面。

这些女鬼的传说,何止在琴的同学中流传,也是琼妈妈从小就耳熟能详的鬼故事啊,包括吊死鬼一只脚穿绣花鞋,一只脚打赤脚的细节,都不差毫厘。

至于女鬼把脑袋放在膝盖上的故事,西妈妈的农村老家,也是人人都能津津乐道。

淡淡的月光升起来了,琼妈妈,西妈妈,还有露,依旧待在这处冷冷清清的豪宅里。

露又神叨叨地哼起了那首歌——那里湖面总是澄清，那里空气充满宁静，雪白明月照射在大地，藏着你最深处的秘密。

有一些秘密藏身的地方，湖面并不澄清，空气并不清新，而是杂草丛生，肮脏荒芜，寒意四起。

就好像，这所，被惨白月光笼罩的凶宅。

悬　案

玄铃飘浮在半空中，忧伤地看着下面忙碌的人群。

人的灵魂是那么轻，难怪说人死了会上天。

人们里三层，外三层，将玄铃可怜的肉体包围得水泄不通。

肉体下身赤裸着，头发披散着，纤细的脖子上一道深深的勒痕格外醒目。

一阵风吹过，差点将玄铃吹走，玄铃连忙拽住一根树枝。人，不论生死，总得攀附着什么，才能立住身影。

玄铃的肉体瞪着惊恐的眼睛，与玄铃的灵魂遥遥相望。

歹徒皮带勒住玄铃时，她拼命地挣扎，终于从肉体里挣脱出来，变成一缕透明的灵魂。

谁认识死者？一个男警察抬起头，向围观的群众发问。

这个人，我好像有点熟悉！挤在人群里的一位大胸少妇回应。

见警察眼光直视过来，大胸少妇有一些紧张，不，不算认识，只是面熟，她经常在这一带跑步，我晚上偶尔出来遛遛，遇见过。

确实遇见过，玄铃看着大胸少妇，她可是向她求救过。

男警察掏出小本子记录着，间或询问一些别的细节。

惨烈！夜跑单身女子遭到歹徒性侵。

好事者将现场拍下，标题配图迅速传播到网络上，更有人脑补出真真假假的细节。没人关切事件的真实性，人们似乎更希望从中猎取到谈资。

玄铃不关心这些细节，细节对她是一种奇耻大辱。她只希望警察尽快抓住歹徒。

大胸少妇是知道线索的，玄铃期待她对警察能描述得更详细一点。

昨天深夜，歹徒不远不近地跟踪着玄铃，玄铃惊慌失措，本想立刻掏出手机求救，却发现救命的手机没带在身上。

玄铃提着一颗心连走带跑，终于在路边发现一辆停靠的黑色轿车。

黑色轿车怎么会停到如此偏远的地方，玄铃来不及去想，她惊喜地看到，黑色轿车的车窗半开着。

这证明，车里有人！有人就意味着自己有救。

玄铃拼命地拍打着车门，她已经看到车里坐着的大胸少妇，还有一个壮实的男人。他们正衣衫零乱地纠缠在一起。

救命！玄铃急切地说，后面有人跟踪我，求你们，让我上车！

大胸少妇迅速整理好衣服，冲壮实男人使了一个眼色。玄玲满以为男人要开门让自己避难呢。

始料不及的，壮实男人猛地一踩油门，车子带着白色的尾光灯，飞快地消失在黑暗里。

猝不及防的玄铃被车挂倒在地上，她至死都没想通，为什么会这样。

现在,死了的玄玲依然没有想通,大胸少妇为什么会这样回答警察的提问。

你昨天碰到她了吗? 男警察问大胸少妇。

大胸少妇目光闪烁了一下,语气十分肯定,没有,我昨天一整天没有出门,老公出差了,我必须留在家里看门。

你骗人! 玄铃怒不可遏地从树上冲下来,向大胸少妇扑过去。

大胸少妇的头发吹散了,她打着冷战抱紧胳膊,才入秋啊,风为什么如此凛冽,莫非今年要过一个寒冬? 天气预报明明说今年暖冬的。

愤怒让玄铃觉得自己的身体越来越沉重,树枝快托不住她了。

我一定要坚持住,除了可恶的大胸少妇,还另有知情者。玄玲给自己打气。

另一个知情者是个消瘦的矮个男人。

玄铃被歹徒揪住头发,往树林里死命地拖。

她拼命地反抗,并大声呼救。一辆破旧的摩托车在他们身边停下来。

住手,你干什么? 摩托车上的矮个男人说。

滚,我们两夫妻打架,关你屁事! 歹徒恶狠狠扇了玄铃两耳光。

我不是,我跟他不是夫妻! 玄铃的声音已变形,在空气中颤抖。

矮个男人岔开双腿,正要下车。

车牌号4578,我记住你了。歹徒一边捂住玄铃的嘴,一边念出矮个男人的车牌号,敢管闲事,老子让你死无葬身之地。

报警,求你报警……玄铃从喉咙里发出唔唔唔的声音。

当歹徒撕碎她衣裳时,她依旧对吓得落荒而逃的矮个男人抱着一丝幻想,她几乎听到了警车鸣笛的尖叫声。

可是,夜,那么安静,连树林中的昆虫也吓得屏声静气。

玄铃努力使自己静下来,深吸一口气,挤出一个微笑说,大哥,急什么,你不就是想玩吗?我自己来。说完,玄铃主动脱下了自己的衣裤。

月光下,玄铃将歹徒的容貌努力刻在了心里。歹徒的眉眼距离很开,下巴有一些后缩,如此丑陋的相貌,任谁看一眼都不会忘记。

他真的松开了玄铃,玄玲这会就是一只待宰的羔羊,歹徒得意地站起来,开始解皮带,将裤子褪到脚踝上。

就等这一秒!

玄铃使出全身的力气跑了。

脚踝上的裤子将歹徒绊倒了,他暴跳如雷,手忙脚乱地提上裤子,玄铃已跑出了十米开外。

玄铃裸着身子拼命地跑呀,跑呀,终于跑到了一处住宅区。

救我,救我! 玄铃惊恐的声音打破了夜的冷漠。

却没有打破住宅区的冷漠。

住宅区的灯,悉数亮了。

霎时,又悉数灭了。

玄铃变成了一缕风,孤零零地在树上挂着。

她的肉体早已经被移走了,那个矮个男人整个萎缩在地上。

三天后,玄铃惨死的地方,出现了很多人。有大胸少妇,有矮个男人,还有一些陌生的面孔。这些人,玄玲都不陌生。

他们都不约而同地在那里插了一炷香。

警局悬赏寻求的证人，一个也没出现。

破　案

初冬了，天气一天比一天寒冷。枯黄的秋叶挣扎地留恋在枝头上，不肯落下。

好不容易，才等来一个好天气。太阳刚冒出头，笑脸还没张开，张铁兰已经腿脚麻利地搬出儿子房间里的被套，一件一件摊到太阳底下晾晒。

昨夜，儿子对张铁兰带话了，他可怜巴巴地说，妈，我冷。

晒好被子，有阳光温暖还不算，张铁兰又加了一床新被套，厚厚实实地铺在儿子床上。

房间里打扫得一尘不染，窗户关闭得严严实实，枕头一动不动地窝在床头。做完这，张铁兰才小心翼翼退了出来。

第二天大早，张铁兰走进儿子房间，看到房间里的物件都纹丝未动。

坏小子，又野了一夜没回来！摇摇头，张铁兰拿出抹布，像往常一样替儿子收拾房间。

其实没什么可收拾的，除了夜不归宿，儿子是越来越听话了，东西不再乱丢乱放，将张铁兰的劳动成果保持得一动不动。

最近三年，儿子一直都这样听话。每天夜里，他都会和妈妈聊一聊家常。

早先,张铁兰能跟儿子聊的家常,就五个字,给我钱,上网。

这一次,儿子在梦里对张铁兰说,妈,你别再替我打扫房间了,我都死三年了。

儿子这话不啻一声响雷,却没能炸醒张铁兰,她才不相信儿子死三年了,他只是贪玩,玩电脑穿越到另外一个世界而已。电视里穿越剧可多了,张铁兰没少看那些穿越的画面。

张大军认为张铁兰疯了,自那一天之后。

那天,张大军与张铁兰被楼下的喧嚣声惊醒,挤到窗台前向下一望,赫然看到了儿子。

他以一种很怪异的姿势趴在地上,血流了一地,仿佛在呐喊着什么。

儿子,儿子,嘴唇哆嗦着的张大军也想呐喊,喉咙里却发不出任何声音。

儿子,儿子,张铁兰倒是呐喊出来了,却怎么都不像正常人说的话,她抓挠着张大军对前来处理案件的警察大吼大叫说,凶手就是张大军,你们抓他啊,抓他啊!

警察最终弄清了事情经过,死者是个网瘾少年,张大军打也打了,骂也骂了,不见任何起色,索性将儿子反锁在家里。儿子想出逃,结果,就酿成了命案。

怎么可以这样草草结案呢?这不是草菅人命么?

张铁兰要替儿子破案,儿子为什么会翻窗?他的动机在哪里。

是你管教太严,儿子才出逃的!张铁兰严厉地指责张大军。

张大军拒不认罪,说,凶手是你才对,如果不是你对他溺爱太深,儿子会玩网络游戏上瘾?

为严惩凶手,张铁兰与张大军离了婚。冥冥中她认为,儿子会回来看她的,儿子肯定不想看见元凶张大军。

凶手走了,儿子还是不愿意回来,不管张铁兰将房间收拾得多干净。不管她呼唤儿子的声音多么虔诚。

莫非还有凶手,让儿子有冤无处申?

这个念头触动之下,张铁兰拔草寻蛇再抽丝剥茧,惊觉这个案子还真的另有凶手。

案情指向一个人,儿子的同学俊俊。

儿子是被俊俊带坏的,俊俊经常唆使儿子上网吧玩游戏。

对了,出事前,张铁兰依稀听到楼下有几声鸟叫。

鸟叫声未必不是俊俊故意发出的暗号,电视剧里,那些坏小子都是这么喊同伙出门干坏事的。

为了揪出俊俊这个凶手,张铁兰每天都到学校去拦截俊俊,三番五次要俊俊学鸟叫给她听,真相肯定就在鸟叫声里。

一来二去的纠缠下,俊俊一家人变卖房产,悄悄地让俊俊转了学。

又一个凶手被张铁兰赶走了,儿子还是没有回来过。

转眼之间,下雪了。

张铁兰为儿子买了两件羽绒服,烧给了他。

儿子走的那天,只穿着一件薄单衣。单衣里面一分钱都没有。

儿呀,你回家看一看妈妈吧,妈妈把你身边的凶手都赶走了!张铁兰在儿子坟前祈祷。

从墓地回来,张铁兰路过儿子常去的那家灯火通明的网吧,网吧里,聚集着一群群熬红了双眼的孩子。

每一个孩子身上,都找得到俊俊的影子。

难怪儿子不肯回来呢,这么多的凶手没有归案。张铁兰咬着牙齿握紧拳头说,儿子,你等着,娘让你回家。

当天夜里,这家网吧遭受到一场火灾,一个疯女人点燃了自己,堵在网吧门口。嘴里狂呼着,凶手,凶手,我要抓你们归案!

里面上网的孩子无一幸免。

这个案子破起来十分简单,尽管,死无对证。

翻　案

徐新玉这些年赚够了钱,心开始闲了,总是想起一堆堆的陈年旧事。

说是陈年旧事,有点矫情。徐新玉才三十岁。

三十岁,是多数男人穷得明晃晃的年龄,徐新玉,俨然已富得金晃晃了,他真的而立了,居高临下的那种而立。

人走时气马走膘。徐新玉赶上第一波电子贸易浪潮,短短几年,咸鱼翻身,赚到的钱是普通老百姓打破了脑袋都不敢开脑洞想到的数据。

日子丝滑得像涂在面包上的黄油,光鲜,可口。

徐新玉都觉得有些腻歪了,这年月,不单是贱人只会矫情,富人更爱矫情。

日子过得太甜,徐新玉觉得有必要将最微不足道的挫折给挖出来,不疼的人生,怎么叫丰富的人生。

也只有这种疼,才能刷出徐新玉身为富人的存在感。

最终挖出一本小学五年级的家庭作业本。

五年级时，徐新玉心血来潮，破天荒地完成了老师布置的家庭作业。他从一年级到五年级，都没完成作业的记录，不是不想完成，是七窍通了六窍——一窍不通，这话，是所有老师对他的无偿馈赠。

第二天，徐新玉满心欢喜地将家庭作业本交给了小组长陈小明。

他等着看老师既惊讶又惊喜的表情，难得开了一次窍，作业完成，在徐新玉读书这么多年是具有划时代意义的。

时间一分一秒地过去，老师一如既往地敲响了教鞭，眼角余光都不曾洒向他，徐新玉，怎么又没交家庭作业？

这样的结局是徐新玉不曾料到的，他懵了，大声辩驳，我交了，交给陈小明了！

老师和全班同学的目光，全都聚焦到陈小明身上。

陈小明在课桌里外翻了又翻，很肯定地说，他没有交。

我交了！徐新玉愤怒地叫嚷起来。

你没交！陈小明也恼火地拍打课桌，有本事你自己寻出来交给老师。

两个孩子在教室里斗公鸡一样怒目而视。

行了，徐新玉，谁都知道你一贯不交作业，撒谎成了你家常便饭，不管你交还是没交，你都给我重做，抄别人的都行！老师的大嗓门结束了这场争斗。

作业有没有重做，徐新玉已经记不清了。

事隔多年，徐新玉依然笃定，作业百分之百交给陈小明了。

这是年幼的徐新玉无法翻供的冤案，谁让他是差生呢，谁让他七窍只通了六窍的呢？

时过境迁，徐新玉如今是社会精英了。他七窍都打通了吗？

必须翻案！最初的耻辱就是永远的耻辱。

既然这块不愉快的石头从脑海中打捞了出来，下一步，就要彻底清除。

徐新玉召集了一场小学同学聚会，尽可能地邀请到了那些能够联系到的小学同学。

当年的小组长陈小明必须到场，还有老师，更是或不可缺。

同学们都到了。

不屑徐新玉的架子，也得给老师的面子。

撇开这些，市侩一点说，老师眼下也是市重点小学的校长了！自家孩子以后入学时，难免要找她帮忙的。

至于徐新玉，知名企业家，多接触一下不是坏事。又不是自己主动巴结他的。

聚会如约举行，连最难请的陈小明也到了。家境困难的同学，出于自尊，总是羞于在聚会上现眼。陈小明现在过得，人不如人。

像所有的同学聚会一样，吃吃饭，喝喝酒，唱唱歌，便开始追忆起如烟的往事。

何况大家才三十岁，往事也并不如烟。

偏偏，没有一个人提起那个作业本，连陈小明也没有。

陈小明主动爆料，把徐新玉当年暗恋夏萌萌，主动帮夏萌萌抄作业的糗事都翻出来了，也没有提到徐新玉的作业本。

徐新玉有一些不悦了，为作业本翻案才是这次聚会的主题，他们怎能不提？

你们记不记得，我有一次完成了作业……徐新玉来了个投石问路。

你哪次没完成作业？老师一头雾水。

没错,当年我可是你的小组长,作业由我收齐了交给老师的。陈小明微笑着说,每次都是你第一个交上来的啊。

对啊,谁不知道你脑子转弯快!所有同学都这么作证说,要不然你能有今天?

难道是我的记忆出错?徐新玉迷茫中,接到了夏萌萌一个暧昧眼神。

以前,夏萌萌笑眯眯的眼神都是留给小组长陈小明的,送给差生徐新玉的只有一对死鱼一样的白眼。

啼笑皆非了!看来,只能用别的方式翻案。

徐新玉承诺说,将捐给母校三百万。

老师这次很配合,是既惊讶又惊喜,连着干了三杯酒,眼光全部聚焦在徐新玉身上,说,徐新玉,你是我最骄傲的学生。

聚会结束后,夏萌萌悄悄坐上徐新玉的私家车,跟着他回了大别墅。

同学会后,陈小明也找过徐新玉。

陈小明说,他家孩子得了病,只要借到三十万,就可以救活一条命了。

徐新玉没借,陈小明的孩子死了。

当初陈小明那么受老师器重,怎么混得这么惨呢?夏萌萌挺感慨的。

能与徐新玉重逢,夏萌萌觉得自己很幸运。

哪怕徐新玉不同她结婚。也值得了,自己得了一套三十万的房子。

还有一件事,夏萌萌觉得与徐新玉挺有缘分。

五年级时,夏萌萌为了尽快完成作业,从陈小明桌上,偷偷抽出一本作业抄了。

然后，她交上了自己的作业本，却忘了交那份她抄的作业。

那本作业是徐新玉的。事情发生时静静地躺在夏萌萌课桌里。

为避免殃及池鱼，陈小明在课桌内外到处寻找那本作业时，夏萌萌没吭一声气。

后来，作业本被她毁尸灭迹，变得面目全非后扔到厕所里。

毁尸灭迹的事儿，夏萌萌才不会讲出来。

案子要真这样翻，徐新玉肯定不会相信。

总有礼物拿下你

招聘公告一发出，包部长办公室的电话和手机就响个不停，到处都是说情的，有领导，有亲戚，有朋友……这不，刚挂断一个电话，紧跟着挤进来一个。比挂急诊都忙活。

喂，包部长吗？电话那边嗓门很大。

谁呀？包部长接了几天电话，耳朵都审美疲劳了。

是我啊，黑子弟！嗓门不仅大，还不生分。

黑子弟又是谁？包部长皱着眉头使劲回忆，最近突然冒出来好多亲戚。

您真是贵人多忘事啊，我，胡黑子，是你幼儿园的同学，咱俩小时候还为一根棒棒糖打过架来着！

叭一声包部长挂断了电话。

无聊得登峰造极了。

爸,听说包部长很清廉,跟他老祖宗包黑子有得一拼,你想向他贿赂,只怕行不通! 胡刚嘲笑举着手机发愣的胡黑子。

女人无所谓忠贞,只是诱惑不够多;男人无所谓正派,只是筹码不够高。胡黑子拍了拍鼓囊囊的钱包,大咧咧地又加上一句,官员无所谓清廉,只是红包不够大。

胡刚为了考上公务员,在家疯狂备考。胡黑子瞧着怪心疼的,不就一个公务员指标吗? 拿钱买就行了,难道比抢苹果 plus6 还难?

胡黑子一鼓作气,索性封了个大大的红包,送到包部长办公室。

拿回去! 包部长瞥也不瞥红包一眼。

胡黑子暗笑一下,心想,还装蒜呢? 他推推攘攘地将红包硬塞到包部长手里,故作神秘地说,包部长,这只是一点小意思,日后,还将登门拜访。

包部长大手一摆,将胡黑子甩了个趔趄。

莫非他是嫌少? 喉咙可真够深的! 胡黑子好歹是个大老板,何时遭遇过这种难堪? 一张老脸憋得通红。

红得比胡黑子的脸更鲜艳的,是单位宣传墙上几个大字:反腐倡廉,警钟长鸣!

应该是我送礼的地点不对,那八个红字,好比苍蝇落在了珍肴上,包部长想吃又不敢下筷子。

左思右想,胡黑子总结出这次送礼失败的原因。

天底下,就没有不受诱惑的人! 胡黑子又想起在手机流传的一个段子:第一天敌人毒打我,我没招;第二天敌人用辣椒水灌我,我没招;第三天敌人用美人计,我招了;第四天,我还想招,却被敌人杀了。

招供和贿赂,未必没有异曲同工之妙,胡黑子可不想看到那个结局:第四次,我还想送,公务员的指标被别人家的儿子占了。

总有礼物拿下他!

好吧,这次必须下血本,送就送他个印象深刻。

向来不打无准备的仗的胡黑子终于打听到了包部长的嗜好。

包部长一不爱钱财,二不爱美女,唯独爱喝茅台,喝茅台是因为包部长崇拜许世友将军,只是这种崇拜机会不多。

茅台酒是许世友将军生前最爱喝的酒,据说,许世友将军的墓中,放着三样东西,一是茅台,二是手枪,三是十张十元的票子,寓意着十全十美。

包部长同家人开玩笑,百年之后,把我的骨灰泡在茅台酒中,便十全十美了啊!

当然,这只是胡黑子听到的传闻。

为了儿子的前途,宁可信其有,不可信其无。

这回,胡黑子拎上两瓶精心准备的酒,上包部长家中拜访。

他家中应该没"反腐倡廉,警钟长鸣"八个字悬在头顶吧!

直到门缝中飘出饭菜香,胡黑子才嘭嘭嘭地敲响包部长的家门。

包部长手里拿着双筷子,一家人正围着桌子吃饭呢。

来者即是客,包部长也不好再将胡黑子推个趔趄。

包部长,上次是我太唐突了,这次,我专门来向您道个歉!胡黑子一脸诚意地拿出两瓶酒。

包部长目光扫了扫两瓶酒,面无表情地说,我已经戒酒了!

又不是什么好酒!胡黑子将酒拿给包部长看,是本地产的文峰酒。超市遍地都是,压根儿不是什么茅台。

别再搞那些歪门邪道了! 幼儿园的同学也是同学,包部长脸色缓和了许多。

胡黑子蹬鼻子上脸,挤上包部长的餐桌,说,老同学不正在吃饭吗?让我给敬杯酒再走呗。

过门就是客。

包部长刚拿出一个小杯子,带来的文峰酒就被胡黑子开了封。

胡黑子小心翼翼地斟满一杯酒。

端起杯子,包部长深吸了一气,滋溜了一小口酒。

酒一入喉,还没落下肚,包部长的脸色就大变。

哪里是什么金文峰,分明是顶级的茅台!

敢情胡黑子玩了个太子换狸猫呢。

包部长将食指探进喉管,使劲鼓捣了两下,刚喝进去的酒被催吐了出来。

拎着你的酒,出去! 包部长擦净嘴巴,指着门口,黑了嘴脸。

天啊,俗话说爆炒鹅卵石——油盐不进,这包部长,分明是硫酸都融化不进的鹅卵石啊!

胡黑子和他的两瓶酒,灰溜溜地被轰了出来。

儿子胡刚还被蒙在鼓里,一如既往地备考。

别考了,没戏! 胡黑子泼了胡刚一头冷水。

一定是早有了内部人选,包部长才不接受贿赂,避免落人口实。

真是老谋深算。

胡黑子不怕,他单等水落石出那天,去黑包部长的脸。

经过一层层笔试,面试了,考试成绩终于下来了。

第一名是包部长亲自敲定的,是一名表现优异的小伙子,包部长特别看好他。

新人报到这天，包部长亲自站到大门口去迎接，要让新人们如沐春风嘛！

远远地，开来了一辆锃亮锃亮的车。

车上钻下来一个人，却是满面春风的胡黑子。

老同学，我来给您送礼了！胡黑子高声阔嗓地喊，一点儿都不晓得避讳。

怎么又是你？这个土豪同学真不识好歹，包部长都怒发冲冠了。

老同学，这个礼物要是拿不下你，我就不姓胡。胡黑子胸有成竹地回身去拉车门。

送我一吨钻石都不要！包部长倔脾气也上来了。

真的不收？

不收！

我送的可是二十一世纪最珍贵的礼物哦！胡黑子狡黠地挤了挤眼睛。

二十一世纪最珍贵的礼物是什么？包部长还在琢磨，胡黑子已从车上拖下来一个高大的小伙子。

包部长看着小伙子，脸色由怒转喜。

是你？

胡刚便是他亲自敲定的第一名啊。

包部长，我可是把我最心爱的儿子都送给你了！胡黑子一脸自豪地朝包部长伸出手。

二十一世纪最珍贵的东西是什么呢？是人才！包部长总算反应过来。

嘿嘿，老同学，你这份礼物，真是下了血本，行，这个大礼我收了！

包部长笑脸逐开,大步流星地越过胡黑子,紧紧地握住胡刚的手。

梦　魇

在火车咔嚓咔嚓的催眠曲中,程姨的眼皮像久别重逢的老情人,如胶似膝地往一起黏糊。

瞌睡排山倒海地袭来。

不能睡! 程姨狠狠地扇了自己一耳光,强打起精神,望向黑得无边无际的窗外。

怎么能睡呢? 特别是在火车上打瞌睡。一朝被蛇咬十年怕井绳,尽管被蛇咬了十七年了,程姨还是怕在火车上打瞌睡。

十七年前,火车上的一次瞌睡,给程姨带来了无穷无尽的梦魇。

不管是清醒还是熟睡,不管是白天还是黑夜,程姨都在寻找着梦魇的出口。

到底,又被周公套进去了。

薄暮时分,火车里飘荡起轻柔的女声,火车站到了,要下车的旅客请注意携带好随身物品,准备下车……

北京!

程姨猛地惊醒。

多么希望,北京是个终点站,噩梦的终点站。

然然会在这里吗?

出了火车站,程姨踏上北京的土地,环顾着这个陌生的城市,电视画面出现的熟悉场景不多。

全国有六百多个城市,程姨无从下手。有人出主意说,然然是在火车上失踪的,不如,沿着铁路线寻找吧。

从此,程姨的生命线,便与铁路线紧密地捆绑在一起。她从头至尾地依次寻找,一直寻找到首都北京,最后一站了,她心里对自己说。

北京最繁华的闹市区,是天安门广场。程姨吃了几块饼干,便打开展板,坐在天安门广场的入口处。

展板经过风吹雨淋,已经很破旧了,但上面的照片,依然清晰如昨日。

照片上的然然,才三岁,笑得懵懂无知,但程姨,是有知有觉的啊,那知觉无时无刻地在刺痛着程姨的心。

不知所踪的然然,已经二十岁了。她,还有机会望着自己笑吗?

程姨目光跌进天安门广场深处,企图从熙熙攘攘的人群中,挑出然然的身影。

围观的人群,像天上的白云,聚了散,散了聚。

寻找爱女然然。一个二十岁左右的女孩,驻足停在展板前,念着上面的字,若有所思。

程姨满怀期盼地盯着女孩。

越盯,越像然然,程姨总觉得,天底下二十出头的女孩,都是她的然然。

程姨伸出颤抖的手,想触摸女孩的脸。

女孩闪了一闪,脸红了,说,阿姨,你误会了,我不是您找的然然。

哦！程姨的胳膊像被抽去了骨头，有气无力垂了下来。

年轻女孩连忙安慰说，阿姨，展板上是您女儿小时候的照片，现在她都长大了，早就不是这个相貌了啊，您这样找，就算然然站在您面前，你们也是对面不相识的。

我会认出然然的，然然的胳膊上，有一块红色胎记。程姨苍白的语气突然加重，一字一顿，我一定会认出然然的！

哪怕是自欺欺人，也要欺得坚定一些。

这样吧，我是北京美术学院的大二学生，让我根据人体面貌生长的规律，试着模拟出然然二十岁的模样吧！年轻女孩边说，边从身后取下画板。

画板上的然然，一笔一笔地被勾勒出来，程姨不错眼珠地盯着，仿佛看到然然正在她的眼前成长。

她不能再次错过女儿的成长。

看，然然长大了，她面目清秀，眼珠一动不动地看着妈妈，似乎在埋怨，妈妈，你为什么要在火车上打瞌睡，连我走丢了都没察觉啊？然然的嘴唇微微启开，似乎在呼唤，妈妈，你在哪里呀？这么多年，我一直都在等你找我啊！

来了，来了，妈妈就来找你！程姨像是听懂了然然的话，眼泪一颗一颗地打在纸张上，滴在然然的脸上，眼睛里。

咦？年轻女孩惊异地拿过纸张，问刚刚围拢过来的路人。

你们看，这张画像，像不像最近电视上宣传的孝女园园？

像，真像！有人掏出手机，从网络上调出园园的照片。

园园由于养母病重而哭泣的模样，和画纸上噙着母亲泪水的然然，一模一样。

在哪？她在哪？程姨激动得语无伦次。

就在北京 305 部队医院，离天安门广场不远！路人七嘴八舌插嘴说。

　　一众人拥着程姨,来到北京 305 部队医院。孝女园园正在接受媒体采访,感谢社会好心人士对养母的捐助。

　　程姨忘情地扑到园园身边,掀开她的衣袖。

　　红色胎记赫然出现在眼前。

　　然然!程姨号哭不止。

　　敏感的记者们,镜头立刻跟上程姨。待程姨情绪稳定后,问她,想对失踪十七年的女儿说什么话?

　　程姨拉着女儿的手,噙着泪水,说,感谢然然的养父母,感谢祖国的这片土地,无论女儿在哪儿走失,都能给女儿一片立足之地……

　　说着说着,程姨情不自禁地跪下身去,亲吻着地面,她仿佛听到,地面下,正传来轰然的鸣响。

　　魔咒一般牢不可摧的梦魇,终于被炸开了。

咏叹调

　　老李叹着气,长一声,短一声,像唱意大利歌剧咏叹调似的,熟悉老李的人都知道,他这辈子都不知道叹气还能叹出调调来。

　　这一叹气,好事的人自然得打听打听。

　　根本不用打听,人家老李已经大张旗鼓地放出风声,儿子要结婚了,婚期就定在下个月,多喜气洋洋的事啊,老李不乐呵也就算了,叹哪门子的气?

瞅个空子，老伴在老李叹气间歇时问他，不喜欢新媳妇？

老李摇头。

不中意亲家母？

鬼扯！老李双手一背，气咻咻地走开了。

走着走着，还没走出老伴视线，又咏叹上了。

唉，要是婚礼那天，没人来捧场……老李想着想着，看到了树枝上的入冬的枯叶，枯叶眼下就像是老李的面子，碰不得，一碰就落。

老李的担心，不是没有来由。

前几天，他刚参加过老钱女儿的婚礼，感触就是从那时有的。

老钱是绣花厂的厂长，两个月前刚退休，一退休，厂长变成了原厂长。恰在这时，赶上了女儿结婚的大喜事。老钱满打满算，绣花厂的几百号同事，会来送上好彩头的，特意预订了八十桌宴席。

在任时，一百桌都压不住。

没想到，生生浪费了七十桌，亏了七八万，比股票下跌得都惨，都跌破了发行价。

钱门酒肉臭啊，这种时刻，酒肉臭就不是炫富，而是掩饰不住的心酸。

老李，还是你够意思，肯来捧我的场，不像那帮趋炎附势的小人！送别时，老钱拉着老李的手，愤愤不平地说。

兔死狐悲，老李的心，跟老钱的手一样，冰凉冰凉的。

若不是看在自家儿子快要结婚的分上，他才懒得去赶老钱的人情呢。

前厂长老钱，人才刚走，茶还没凉，就碰到这种凄凉的光景；而老李，是前前任厂长，退休了十个月都还转不过弯，该有多冷清？用脚趾头都能想到，一定比老钱有过之而无不及。

想到这儿，老李忍不住仰天长吁一声，时运不济啊。

遥想老李当年，事业如日中天。那会儿，他任职绣花厂厂长，一手遮天，说一不二。有一次开会，不小心踩到了下属的脚，下属还急忙道歉，对不起，硌着领导脚了。

四十岁生日那天，老李在外面开会，自己都忙得忘了生辰八字。一路风尘回到家，老伴欣喜地说，今天门槛都被客人踩平了，绣花厂的所有同事，八竿子打不着的亲戚，还有多年不来往的朋友，也不知道从哪里得到的消息，全都揣着红包，不请自到了。

别说饭，连水都没喝一口，都走了。

就这还不算，老李生日都过去半个多月了，陆续有消息不够灵通反应迟钝的人，揣着红包来捧场，言辞恳切说是为领导补过生日。

那会儿，哪里用得着发请柬，哪里用得上八十桌宴席？都不费半点心思，一星汤水。

唉，去年今日此门中啊！老李纠结得只差人面桃花相映红了。

儿子的婚期在老李的长吁短叹中来临了。

这天，老李收到了一个天大的惊喜。

亲戚、朋友，还有绣花场的同事们，全都拖家带口地来捧场了。

礼尚往来，老钱也来了，看到这热闹非凡的场面，老钱拉着老李的手，酸溜溜地说，还是你老李人缘好呀。

老李在老钱的艳羡中，英姿勃发，向过去的同事们，更多的是下属们，敬了一杯又一杯酒。

觥筹交错间，老李打心眼里感激他们来捧场。

酒终人散了，老李打着酒嗝，要清算红包。

屁的红包，亏了七八万！老伴翻着白眼，双手一摊说。

别想揣私房钱，快交出来！老李不信，熙熙攘攘那么多客人，怎么可能没红包？

你整天叹气，我会不知道你担忧啥？婚礼前一个星期，我再三邀请了那些同事，并且强调，咱儿子的婚宴只请吃饭，不收红包。

原来是这样！老李明白了。

消沉了几天，老李又振奋了精神。

七八万亏得值，至少比老钱有颜面多了，老钱不仅亏七八万，还栽了脸面，黄金有价面情无价。

在街上，老李偶尔碰到绣花厂的老同事，更加热情地打招呼。

绣花厂的同事们背着老李，都很郁闷。

他们不喜欢前厂长老钱，更不喜欢前前厂长老李，两任厂长都不为职工做好事。

听说，前厂长老钱女儿的婚礼办得很是冷清，在绣花厂传成了笑柄，同事们本打算去吃一顿免费的午餐，再顺便看看老李的热闹。

没想到，真的看到了热闹。

人气，现在成了老李张口闭口必提的谈资，最令人瞠目的是，老李还意外获得了本地媒体的好评，电视广播报纸网络再三唱响"退休干部老李带头倡导廉政婚宴"的咏叹调。

采花贼

采花贼!

一声脆生生的娇斥在头顶上乍响,把钢生和铁生吓了一跳,名字带钢带铁,不等于练就铁石心肠。

钢生撅高屁股从腿缝中一看,一个纤纤细细的女孩正叉着腰,冲他俩杏眼圆睁。

你是谁?钢生丢开兰花,扔下铲子,直起身来客气地问。

你管我是谁,此山是我开,此花是我栽,你们偷挖山上的兰花就是不行!女孩双手叉腰学着电视上女侠客那样回答,可惜语气没那么霸气。

架势也没侠女那么英武。顶多就是电视上那种野蛮女友。

钢生瞪着眼前蛮不讲理的女孩,笑了,拍拍铁生的脑袋说,弟,别挖了。

铁生惊讶地站起身子,拍拍手,看看哥,看看女孩,又恋恋不舍地看一眼挖了一半的素心兰花,愤愤地朝钢生吼一声,呸!采花贼!

那口痰还没落地,他的脚步落地有声地跑远了。

采花贼?女孩有点疑惑,他说谁?

别理他瞎说!钢生见女孩一脸戒备地望着自己,解释说,铁生才是采花贼,成天满山遍野地挖兰花,好不容易找到一株,咱俩又没让他得逞。

钢生一句咱俩,轻易就把自己拉到女孩的同一战线。

女孩脸色缓和了,叉腰的手就没处放了,不好意思地笑笑,君子爱花,取之有道,兰花在山上长得好好的,干吗将它挖到高楼大厦里去?

一问一答,钢生认识了女孩,女孩名字叫兰,生态学院毕业的。

兰带着钢生,走遍了山野的角角落落,教他认识了各种各样的兰花。

钢生渐渐爱上了兰,爱屋及乌,他的房间里,贴满了姿态各异的兰花图。钢生最喜欢看的,是女孩兰的照片。

我要到乡下支教一年! 有一天,兰对钢生说。

钢生依依不舍地送走兰,转身便去找铁生。

走,我带你去挖兰花。

钢生轻车熟路,带着铁生,挖了很多株名贵的兰花,这可得益于兰的言传身教。

铁生感激涕零,主动提出卖兰花的钱与钢生分成,还专门请他到最贵的茶庄喝茶。

倒茶的女子,眉眼竟然像极了兰。钢生吓得手一抖,将装满兰株的袋子直往茶几空里踢。

还好,她们只是长得相似,倒茶女孩子并不是兰,她的名字叫菊。

菊比兰长得更漂亮,笑颜如花媚眼如丝,一下子把钢生的心勾走了。

为了获取菊的欢心,钢生到处搜集菊花种子,将小院子里种满了五颜六色的菊花。

应了古诗中飒飒西风满院栽的意境。

菊,送我一张照片吧,你不在我身边时,我也可以看到你! 钢生含情脉脉地说。

菊大方地递给钢生一张照片。

钢生迫不及待接过照片扫了一眼,心里暗自吃惊。

他佯装镇定地与菊告别,马不停蹄回到家,心急如火翻出兰的照片,与菊的照片摆在一起。

照片中,兰靠着兰花笑,菊倚着菊花笑,两人都在花丛中笑,笑得钢生惊惧不定,下面还有一句诗,待到山花烂漫时。

在现实中,钢生还能分辨出两人的差异,照片中,他实在分不出谁是谁。

一年后,兰的支教期到了,钢生忐忑不安地去接兰。

兰娇柔地挤在人群中,看上去愈发纤细,仿佛一阵风就会把她吹倒。

以后,我得一心一意地对兰! 钢生脑海中冒出这么个愧疚的念头来,张开怀抱要去拥抱兰。

兰身上芝兰的香气还没收入囊中呢,身后就传来一声脆生生的娇斥。

采花贼!

好熟悉的声音。

钢生吓了一跳,扭头看,竟然是菊。

妹妹,你和我爱上的,居然是同一个男人,他是个采花贼!

菊媚眼如丝的眼神,刹那间变得凌厉无比。

阳光下的钢生激灵灵地打了个寒战,在菊如炬的眼光照射下,身体一寸一寸地变软,整个人瘫痪在地,没了温度。

算了,姐姐,饶了他吧! 兰不无鄙夷看一眼钢生,扯扯菊的衣袖,两人依偎着走了。

像蛇冬眠醒来的钢生呆呆地看着两个人的背影,喉咙里发不出任何声音,倒是铁生的电话突然响了,哥,出鬼了,上次在山上挖的兰花全死了,要是不能给人家补齐这批货,按合同我们就倾家荡产了。

钢生失魂落魄地回到家里,推开门一看,正如铁生所言,不光兰花全死了,满院本该怒放在西风中的菊花也悉数凋谢了。

情深不寿

陈卫国辗转反侧打听到谢夏的消息,却被告知她已离婚,目前单身,心里头不由得一紧。陈卫国为谢夏难过的同时,却又止不住的欢喜与懊丧。原以为在社会中滚打摸爬这么多年,一颗心早已麻木了,殊不知,那颗心依然遗留在她那儿。

他坐在茶座里等待着谢夏的到来。桌上的花瓶中插着一支红玫瑰,开得艳丽却寂寞。不知她变了吗?经过这些年来生活的折腾,她还像当年那样活泼俏皮吗?他望向窗外,外面的阳光正温和,就像十年前,她给他的感觉那样温暖。

当年的谢夏就像夏日的骄阳那样灿烂、明亮,吸引着男生们的视线,他也是其中一个。那么多的男生都围绕在她的周围,送着鲜花献着殷勤,但爱神偏偏就朝他走来,谢夏和陈卫国恋爱了!恋爱的感觉是那样美妙,以至于陈卫国后来再也找不到那种朝思暮想的感觉;恋爱的感觉又是那样痛楚,陈卫国负气说分手时,谢夏未曾对他说一句挽留!

陈卫国想起谢夏对他的背叛,突然纠结此时坐在这里十年后再与她相约,他究竟是个失败者,还是怜悯者……秋日的午后啊,让人如此倦怠、恍惚……

只闻门帘声哗啦一响,谢夏已如窗外的阳光般洒了进来。陈卫国突然口干舌燥,只觉得她的气息迎面而来,牢固地笼罩住他。谢夏还若十年前那般模样,岁月并未曾在她脸上留下明显的痕迹,只是中长直发变成了妩媚的卷发。陈卫国突然知道,他今天出现在这里,就是为了确信,他其实从未后悔,曾经爱上背叛了他的谢夏。

"你,还好吗?"陈卫国问。

"不好。"

气氛一下子有些冷场。陈卫国不知该怎样继续话题,在她面前,他一直都是这样期期艾艾。

他小心翼翼:"听说你离婚了? 你这么优秀,怎么会……"

"性格不合。"

陈卫国只能默默地用小勺搅动着面前的咖啡,勺子触碰在杯壁上发出细微的响动,陈卫国用舌尖微尝了一下,感觉好涩!

谢夏轻叹,拿起镊子朝他咖啡杯里丢进去一块方糖:"不苦么?"陈卫国看着方糖在咖啡里渐渐溶化,脑子里突然腾出一句歌词:方糖掉入苦咖啡,幻觉好美……

"你老婆,你们好吗? 她长什么样子?"谢夏突然问。

"嗯,她笑起来很像你。"陈卫国快速地答完这句话,突觉失言,赶快喝了一口咖啡,似要把这话再重新咽回肚子里去。

她笑了。陈卫国却觉得这笑容不再像夏日那样明亮,却似秋天那样……

谢夏幽幽地问:"那你当初,为何要和我分手呢? 我从并未问过你理由,今天我想知道。"

他说:"我看到一个男人热烈地追求你,你却不拒绝他……你与他单独约会。我与你分手时,你也并没有挽留,我以为,你认为他比我好。"

谢夏说:"听说过一句话吗? 当两个女的追求一个男的时,总是用情深的那人先放手;可两个男的追求一个女的时,总是用情浅的那人先放手。"

谢夏说:"我以为你会回头来找我。"

谢夏说:"我认为是这样,所以我不挽留。"

窗外的阳光似变得刺眼,把周围都照成空白。陈卫国气急败坏:"你就因为这个? 因为这个? 那你又有没有听说过情深不寿!"

陈卫国伸出手想要去揪一下谢夏的耳朵,谢夏巧笑着躲了过去。

陈卫国的手机突然响了,他掐断了手机。

谢夏手托着腮帮子,望着窗外突然发问:"今天多少号了?"

陈卫国说:"九月十八。"

谢夏轻飘的说:"今年是二〇〇一年吗? 我把时间过得真迷糊,都不知道何夕何月了。"

陈卫国也想说,我也是,我刚才恍若以为是一九九〇年。我的手想穿过这些岁月去揪揪你的耳朵,却怎知岁月这样漫长,怎么也揪不到了。

陈卫国的手机再一次不依不饶地响起来,他看着谢夏,她并不看他,很安静地望着窗外。陈卫国终于接听了电话:"老婆,我在外面,我马上就要回家了!"

陈卫国对谢夏说:"我要走了!"

她依然保持着望着窗外的姿势,头也未曾回:"嗯!"

陈卫国顺着谢夏的视线望向窗外,原来却已是秋天了,万物正在凋零,秋天,这是最美的季节,却也是最短的季节。

蟑　螂

我躺在他的臂弯里,嗅着独属于他的味道,我问他:"有没有看过法国的一部恐怖电影《香水》?"

他说:"讲下呗。"

"有一个变态狂,专门杀害少女,把这些少女洗干净了,放在窝里蒸,等尸油冒出来后,就把尸油收集到香水瓶里,便制成了带有少女体香的独特香水。"

"嗯,有点意思!"他把鼻子埋在我的脖子里,深深吸了一气:"真香!"

我摸摸他的头发,说:"是不是把你也蒸了,你的体香才能完全属于我?"

他笑:"乱想些什么呀!"

他又开始穿衣服了,如往常一样,他要回到他家中去了。他家里有他的老婆等着他,只有他的老婆,才有权利嗅着他的体香完整地度过一夜。而我,只能悄悄地偷一点。

我躺在床上看着他穿衣服:"是不是每个男人心里都住着一个妖精?"

他说:"嗯! 我心里的妖精就是你!"

"你心里装着你老婆，儿子，公司，朋友，家人，充其量，我只占蚊子那么大一点地方，你把我拍死了，我在你心里也只是点蚊子血。"

他刮刮我的鼻子说："瞎说！你在我心里是只蟑螂，打不死的小强！"

我没心思笑，忍了又忍的眼泪却流出来了："你跟我只会贫嘴！你是不是打算一直这样下去？你什么时候可以离婚？"

他皱了皱眉，轻言细语地说："我需要时间。"

"我已经给你五年时间了！"

他更不耐烦了："我真的需要时间，我提过无数次，一提她就闹！"

他不耐烦的神情深深地刺痛了我的心，我泪如堤决。

他在我面前踱来踱去，心烦意乱。

我收拾了下眼泪，说："算了，这样的争吵无数次了，我累了。这次真散了吧！"

他顿住脚步，停了半晌，仿佛一个世纪那么长，他的眼泪流出来了，他伏在床沿，流着泪说对不起。然后旋转门柄走了出去。

我跟他为此事分手无数次，又和好无数次，分分合合，可从来没见过他流泪，我想这次是真的散了。我捂在被子里呜呜地哭泣，被角已全部浸湿了。

自己种下的恶果自己尝，明知道这是一份孽缘，还是把持不住自己，能怨得了谁呢？我只是个下贱的小三而已！

我决定从明天开始新的生活，明天的太阳又是崭新的了，化个妆，梳过头，开始我新的人生方向……

房间门铃居然响了，他怎么还会回来？我以为他不会再回来了！但是这次我是决意分手了，我的青春在他身上耗了五年，我真的好厌倦。

我套上睡衣去开门，一个女人挤了进来。

我一见到这个女人头都炸开了，是她，他老婆！

她怎么会找到这里？

她冷冷地看着我，说："原来就是你呀！我每天从他身边闻到别的女人的恶心香水，原来就是你的！"

我嗫嚅着："你在说什么……"

女人一巴掌搧过来，抓住我的头发死命地摇："臭婊子，我叫你装！我跟踪他很长时间了！我打不死你，我就不是人！"

我挣扎着，叫喊着，我看到周围聚齐了越来越多的人，各种各样的眼光都看着我，周围嘈杂的声音却渐渐地安静了，只剩下女人粗重的喘气声和嘶哑的怒吼声："你看我打不死你！打不死你！……"

我用手挡着她，我感觉到血顺到嘴角流下去，滴在地毯上，凝固得像大摊的蚊子血，耳边却飘出他对我说过的话："你在我心里是只蟑螂，打不死的小强……"